大地裂痕

大宋帝国 7

葛红兵　徐毅成　著

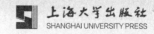

图书在版编目（CIP）数据

大宋帝国 . 7, 大地裂痕 / 葛红兵, 徐毅成著 . --
上海：上海大学出版社, 2024. 11. -- ISBN 978-7-
5671-5107-9

Ⅰ . I247.5

中国国家版本馆 CIP 数据核字第 2024AL7504 号

责任编辑　徐雁华
助理编辑　陈　荣
封面设计　倪天辰
技术编辑　金　鑫　钱宇坤

大宋帝国 7：大地裂痕

葛红兵　徐毅成　著

上海大学出版社出版发行
（上海市上大路 99 号　邮政编码 200444）
（https://www.shupress.cn　发行热线 021-66135112）
出版人　余　洋

*

南京展望文化发展有限公司排版
江阴市机关印刷服务有限公司印刷　各地新华书店经销
开本 710mm×1000mm　1/16　印张 14　字数 157 千字
2025 年 1 月第 1 版　2025 年 1 月第 1 次印刷
ISBN 978-7-5671-5107-9/I・715　定价 75.00 元

版权所有　侵权必究
如发现本书有印装质量问题请与印刷厂质量科联系
联系电话：0510-86688678

目　录

引子 001

一、赵佶继位 008

1. 祥瑞之兆 008
2. 生辰八字 011
3. 立新皇花落谁家 013
4. 年轻的大宋新君 016
5. 新皇继位三把火 019

二、相位风云 024

1. 曾布：斗争与博弈 024
2. 蔡京：春风又绿江南岸 027
3. 童贯：蓄有胡须的太监 032

4. 相位风云：人算不如天算　037

三、河湟大捷　041

　　1. 元祐党人碑　041

　　2. 出兵西征　045

　　3. 兵败巴金城　047

　　4. 河湟大捷　051

四、马　植　056

　　1. 太监的侮辱　056

　　2. 北方必乱　060

　　3. 刺客　063

　　4. 太监的鸿鹄之志　069

五、风流皇上　075

　　1. 私会李师师　075

　　2. 半面貂蝉　082

　　3. 幽云　085

六、幽云梦 095

1. 出使女真 095
2. 万岁山 100
3. 幽云心事 107

七、梦断幽云 113

1. 马扩 113
2. 替罪羔羊 126

八、内忧外患 134

1. 屈辱外交 134
2. 马扩试身手 147
3. 擒方腊 152

九、大厦将倾 158

1. 出兵幽燕 158
2. 空余恨 167
3. 裂痕 171

十、靖康之耻 176

1. 赵佶退位 176
2. 兵临城下 179
3. 偷袭 186

十一、倾 覆 194

1. 太上皇归来 194
2. 重镇失守 196
3. 赵桓除六贼 201
4. 郭京的六甲神兵 202
5. 二帝被掳 209

尾声 215

引子

元丰五年(1082)。

这一年西夏军在永乐城大破宋军,蒙全圣、罗世念等人在广西起兵反宋,这些边地的局部战乱虽然棘手,但并不能真正撼动大宋的江山,也不能影响其稳固的根基,西夏、大理、吐蕃等边陲小国对于中原大地构不成太大的威胁。最强大的邻居辽国,也因公元1004年订立的"澶渊之盟",与大宋七十余年相安无事,尽管大宋每年要给辽国进献岁币,但能换来太平日子,也算是值了。公元1082年,苏东坡创作了《赤壁赋》,司马光正在写《资治通鉴》,这些都可算得上是大事,而这里要记载的这件事看起来却似乎不那么重大,但当历史曲折向前,回过头来看,却是个不得了的日子,正是由于这天一位大人物的诞生,才使得宋朝在历史上被分为"北宋"和"南宋"。

元丰五年(1082)的十月初十,本是再普通不过的一天,却发生了一件颇具传奇色彩的事,此事的真伪无从考证,但其寓意颇为深长。传说在这天夜里,赵顼莫名地感到心神不宁,在龙榻上辗转反

第七卷　大地裂痕

侧,难以入眠。他坐起身来,想要起床如厕,迷迷糊糊之间,耳边一阵吱吱作响,心里估摸着是寝宫外阵阵妖风钻进门窗发出的怪声,门窗剧烈地晃动着,但仔细一听,又好像是有人从外面用力推拉。这尖细的风声如同一个怨妇低声抽泣,在深更半夜听起来让人心里发怵。皇上的胆儿不大,愣在那里侧耳听着,便意顿时减去了一大半。

他原本想推醒床上熟睡的林贤妃,但念及自己贵为九五之尊,又是堂堂七尺男儿,说半夜如厕怕鬼似乎有失体面,只好作罢。没过多久,窗外的妖风趋缓,皇上便定了定神,壮了壮胆,慢慢起身从床上下来。他小心翼翼,怕惊动什么,一步、两步、三步……正当要迈出第四步的时候,突然间一声巨响,寝宫的正门直挺挺地打开了!这一下着实来得突然,皇上猝不及防,一屁股瘫坐在地上,吓得连惊叫一声的力气都没了。他浑身颤抖着,但见一团白色云雾从外面幽幽地飘了进来,这云雾越散越开。皇上惊异地看着这一切,目瞪口呆,整个人好像陷入了一种迷乱的状态中,这似乎不像是现实生活中会出现的情景。

床上的林贤妃似乎全然没听到方才的巨响,只是翻了个身,依旧睡得死死的,她的呼吸声极其细微,好像随时都会消失一般,这令皇上感到了彻底的无助。皇上想开口召唤侍卫和太监,但却惊讶地发现,此时他的喉咙像是被谁扼住似的,一丁点儿声音都发不出来。皇上吓得魂飞魄散,在心底里叫道:"闹鬼了!闹鬼了!看来还是个厉鬼!"

传说中,厉鬼都有一个特定的人形,寄居在一团云雾之中,忽

引 子

隐忽现,每到午夜便会在人意想不到的情形下现身,这传说看来并非信口雌黄。果不其然,待云雾渐渐散去,一个诡异的身形就浮现了出来。赵顼定睛一看,只见那人一袭青衣,气度不凡,若真的是鬼,也必然是鬼魂中的贵族。很长的一段时间里,皇上仍发不出声音,直到用力地咳嗽了一声,好像把胸腔中的一块阻滞之物用力咳了出来。

"你……你,你是何人?"皇上终于勉强地发出了声,结结巴巴地问道。尽管他竭力地控制着,但是声音仍不可避免地颤抖起来,恐惧已经让他暂时忘记了自己九五之尊的身份。

青衣人没有作答,在这样的时刻,没有什么比沉默更令人不安的了。月光昏暗,此人面色煞白,无半点血色。他神色黯然,眉头紧蹙,似是有着深深的忧思,手中一把精美的折扇微微摇动着,挟着一股阴柔之气。许久,他发出了空灵的低吟浅唱:

春花秋月何时了?往事知多少!
小楼昨夜又东风,故国不堪回首月明中。
雕栏玉砌应犹在,只是朱颜改。
问君能有几多愁?恰似一江春水向东流。

短短的几句唱词,那青衣人唱了足足有一炷香的时间,此刻,他已经走到了赵顼跟前。但他的声音像是从遥远的深谷传来,有一种摄人心魄的魔力,皇上听完之后,也莫名地悲从中来。他突然想起这是《虞美人》的曲调和唱词,猛地睁大了眼睛,道:"莫非你

第七卷　大地裂痕

是……"

"李煜,字重光。"青衣人自报家门,声音依旧缥缈,绕梁不止。

皇上一听到"李煜"二字,如遭晴天霹雳,恐惧感变本加厉地袭来。南唐后主李煜早已死去百余年,而且这李后主当年正是被太宗皇帝毒杀的。大宋王朝不仅夺走了李煜的命,还夺走了他的国家和他的爱妃,现在时隔百年,李煜的魂魄竟然出现在寝宫,难道是厉鬼寻仇来了?想到这里,赵顼吓得屁滚尿流,拼了命地往墙角里钻,像是穿山甲,能把这墙角钻出洞来。李煜缓缓抬起头来,与瘫在地上的皇上四目相接。皇上见状顿感一阵凉意,哆嗦不已,额头直冒冷汗。

"皇上莫怕,我虽为鬼,却是无害于人的。"李煜说罢,深深地作了一揖。

"你是来跟我大宋寻仇索命来吗?"皇上掩饰不了声音的颤抖。

李煜收起手中的折扇,凄然一笑,道:"皇上言重了。当年南唐亡国,乃是我自己昏庸无能,致使气数殆尽,一切皆是我咎由自取,又岂敢生出嗔恨之心?"

李后主果然是一个知书达理的人,就连做了鬼也彬彬有礼,但阴柔的语调令人感到刺骨的寒冷,仿佛平静的海面下埋藏着某种巨大的危机,黑暗在深处逐渐积蓄强力。

"那……那你深夜来访,所为何事?"

"我是特地前来拜谒皇上的。因白天不便现身,只好等到深夜,冒昧之处,还望皇上见谅。"说罢,又是深深的一揖。

"朕与你人鬼殊途,无缘无故,为何要来拜谒?"角落里的皇上

引　子

支起身子,倚墙端坐道。

"这个……"李煜刻意地顿了顿,"是为了答谢皇上的收留之恩。"

"收留?"皇上一脸的疑惑,"朕什么时候收留过你?"

"皇上日后便知。"李煜露出神秘的微笑,说道,"其实,除了拜谢收留之恩,更重要的是,向皇上道喜。"

"喜?"皇上听完更困惑了,连忙问道,"喜从何来?"

李煜像是故意卖关子,还是用同一句话搪塞着:"这个,皇上日后便知。"

李煜阴阳怪气,欲言又止,一连说了两个"皇上日后便知",若在平时,这必会引得皇上龙颜大怒,但此刻赵顼惊魂未定,面对神秘莫测的鬼魂,全然没了脾气,好像身上的阳气已经被这月光吸食得所剩无几。

就在和李后主简短对话之际,时间似乎流逝得飞快,方才还是深更半夜,现在却已是拂晓。透过大敞着的门窗,皇上远远地望见东方泛白,天色转亮。眼前的一切都如此模糊,像是蒙上了一层霜。皇上恍惚地看着,揉了揉眼,就在这举手之间,时间又再次迅猛地向前迈进——闪耀的日光从门窗灌进来,占领了所有原本阴暗的角落。那身穿青衣的李后主,身形变得越来越淡,就像墨汁在清水之中稀释散尽,他那瘆人的笑容让人从头一直凉到脚心。

"皇上,皇上!"一个女人的声音在耳际响起,那声音缥缈而模糊,但赵顼还是依稀辨认得出,那是林贤妃的声音。那声音由远及近,终于来到耳边,皇上勉强地睁开眼睛,看见了那张秀美的脸庞。

第七卷 大地裂痕

林贤妃的脸上满是关切和紧张,她伸手轻轻地擦了擦皇上额头上的汗珠,皇上却是一脸的茫然,好像根本不知道先前发生了什么。

"爱妃,怎么啦?"皇上问道。

"皇上!"林贤妃抱住他,娇嗔道,"皇上方才直冒冷汗,颤抖不已,臣妾怎么叫都叫不醒,真是吓坏臣妾了!"赵顼一边爱抚着林贤妃,一边使劲回忆,却完全想不起来。他感到头疼,两边的太阳穴有些发胀,便用手揉了揉,然后来回抚摸着自己的额头。

"朕只记得做了个噩梦,至于是什么噩梦,已经忘得一干二净了。"皇上在林贤妃的帮助下缓缓地坐起身,神色有些凝重地说,"无端梦见不祥之物,恐是凶兆,改日朕要请真靖大师算上一卦。"

"皇上休要多虑,依臣妾看,这梦都是反的,梦见凶恶,必有吉兆!"林贤妃劝慰道。赵顼听爱妃这么一说,顿时忧虑全消,转忧为喜,捏着林贤妃的脸蛋说道:"说得是,说得好。爱妃可比那真靖大师还要厉害。"

赵顼和林贤妃在床上打情骂俏了一番,随后召宫女和太监进来服侍更衣。一个小太监进门后跪伏在地,满脸兴奋地禀报:"恭贺皇上!昨夜丑时,喜得一龙子!"赵顼一听,立刻喜上眉梢,问道:"当真?生子的可是陈才人?"太监答道:"正是。小皇子生得白白胖胖,现正在侧殿等候皇上赐名。"

"好,好,快替朕更衣,朕这就要去见见儿子。"赵顼说着又转向林贤妃道,"爱妃说梦见凶恶,必有吉兆,看来所言非虚啊,哈哈!"林贤妃听了,勉强挤出一丝笑容,一边若有所思地替皇上更衣。

赵顼走到侧殿时,太后和众妃嫔早已候在那里,齐声恭喜皇上

引 子

喜得龙子。那襁褓中的小皇子在母亲身边大声地哭泣着,陈才人躺在床上,略显虚弱,显得比平常更加楚楚动人。皇上坐在床边,心疼地抚着陈才人的脸颊,随后又掂了掂小皇子,甚是欢喜,关切地对陈才人道:"你这次可真是劳苦功高啊,朕要晋封你为美人!"

陈才人娇弱地笑了笑,道:"谢皇上,请皇上给皇子赐名。"皇上默思片刻,又想起适才林贤妃说的"必有吉兆"云云,于是说道:"你觉得赵佶这个名字如何?'四牡既佶'的'佶'字!"

陈才人道:"好名字,多谢皇上金口赐名!"话音刚落,在场的太监宫女全体下跪磕头:"恭喜皇上,贺喜皇上……"赵顼仰天大笑,抱起那啼哭中的婴儿,轻轻地拍着他的背。这名叫赵佶的小皇子,便是日后的风流天子宋徽宗。

在皇上的轻拍下,婴儿的哭声渐止,他看着自己的父皇,咧开嘴,露出了在人间的第一个笑容。赵顼看着小赵佶那可爱的笑,心中却莫名地一怔,他突然觉得那笑容似曾相识,但究竟在哪见过,却怎么也想不起来。

一、赵佶继位

1. 祥瑞之兆

从那小赵佶发出第一声啼哭开始算起,时光不紧不慢地流转了十七年,来到元符二年(1099)。在这十七年里,大宋王朝早已更换了新君,那神宗梦见李后主后,没过三年就因病驾崩于福宁殿,同年安葬于永裕陵。神宗临终前嘱托旁人,务必将新法沿用下去,可惜当年变法的首倡者王安石早已驾鹤西去,自此一个时代彻底终结。

神宗的长子赵煦继任皇位时,年仅十岁,因而朝中实际掌握大权的人成了太皇太后高滔滔,她重用司马光,尽废新法。可怜的小皇上赵煦就在太皇太后高氏和司马光的阴影下度过了自己的少年时代,一直等到元祐八年(1093)九月,太皇太后高氏病逝,赵煦这才取下了禁锢在身上多年的枷锁,夺回了实权,准备大干一场。然而,这个年纪轻轻的皇上却没有预料到自己七年之后就将英年早逝。

一、赵佶继位

再说那十七岁的赵佶,元符二年(1099)的他还只是端王。在众多的王爷中,端王是最才华横溢的一位,每日吟诗作画、拓碑临帖,既喜好书画又精通音律,十足一个风流才子,似乎只要有笔墨纸砚、美酒佳人便能愉快而满足地度过一生。可就是这么一个好似纨绔子弟的王爷,内心却觊觎神器,暗怀上王之志。当然,这一点几乎无人知晓,除了端王府上一个名叫杨震的管家。杨震深知自己主子的野心,也深知这野心有可能招来杀身之祸,所以一直谨小慎微。

一日,两只仙鹤从天降至端王府,朝中大臣得知端王府出现祥瑞,纷纷来贺,端王赵佶心中也暗自欢喜,但杨震却把前来道贺的人们打发走了,说那只是鹳而已,根本不是传说中的仙鹤。过了没多久,端王府再现祥瑞,莫名长出灵芝,又一次引来好事的大臣们。赵佶感到得意,欲请大家前来观赏,未料杨震却早已经抢先一步将灵芝给铲了,并对外宣称这只是因为府上湿气较重长出菌,并非灵芝。赵佶性格张扬,好出风头,对杨震这样几次三番扫兴的行为感到十分不满。

"杨震,你好大的胆子,竟敢把本王的灵芝给铲了!"

杨震连忙跪倒在地,给赵佶磕了个响头,说道:"王爷啊,小的这也是为您好,仙鹤降于庭、灵芝长于阁,固然是祥瑞之兆,但若是大肆声张,这万一要是传到皇上的耳朵里,难免引来不必要的猜忌。"

赵佶一想,觉得倒也不无道理,自己的上王之志断不可让旁人看出来,否则恐怕要被人认作是鹰视狼顾之徒,引火烧身,得不偿

第七卷　大地裂痕

失。于是打定主意要韬光养晦,但是他的心情又久久难以平静。这天晚上他躺在床上翻来覆去地琢磨这件事,清楚自己的才能远在皇上赵煦之上,只因年龄比他小了几岁而与皇位无缘。现在,频频出现的祥瑞之兆是否是玉皇大帝降下的旨意呢?想到这里他再也躺不住了,起身呼唤下人:"去,把杨震给我叫来。"端王家里的这位管家可以说是从小陪他长大的,所以赵佶对他极其信任。

杨震深夜受到召唤,还以为有什么重要的事情,三步并作两步就来到赵佶的寝室。赵佶神色凝重,吩咐身边人都退下,坐在榻上沉默不语。杨震问道:"王爷深夜召唤小的来,有何吩咐?"

赵佶清了清嗓子,道:"杨震,你跟本王多年,是我最信任的人,我有件小事要交给你办,但你要切记,此事虽小,却不可向任何人提及。"

杨震连忙伏地表示忠心:"谢王爷信任,小的绝不向外人泄露半句。"

"嗯,起来吧。"端王道,"拿笔墨来。"

杨震起身,走到案边熟练地准备好笔墨纸砚。端王提笔,吁了口气,然后用他所独创的"瘦金体"流畅地在一张小纸条上写下:"壬戌、癸亥、丙寅、己酉。"杨震凑近了看,认出这正是端王的生辰八字,便大致明白了他的用意——说到底还是对那些祥瑞之兆念念不忘。端王搁笔后,折叠起来交给杨震,嘱咐道:"这是我的生辰八字,你明天拿着这张纸条到大相国寺外算命,每个卦摊都算上一卦。你就说这是你自己的生辰八字,不准说是我的。"杨震道了声遵命,接过纸条,小心翼翼地藏进袖管,便退下了。

一、赵佶继位

2. 生辰八字

翌日,杨震揣着端王的生辰八字来到大相国寺。这大相国寺始建于北齐,已有五百余年的历史,本为佛门清净地,但因其坐落于闹市,所以热闹有余,清静不足。

寺门外零零散散地摆了十几个卦摊,杨震来到一个卦摊前,递上纸条,说这是自己的生辰八字,想测一测吉凶。那算命先生接过看了看,兀自念道:"壬戌、癸亥、丙寅、己酉……"随手抓了一卦,沉吟片刻,然后说了一大堆常人听不懂的术语。他口若悬河,杨震听得云里雾里,终于忍不住对算命先生问道:"能否说得清晰些?这卦代表什么意思,是吉是凶?"算命先生又支支吾吾说了半天,大概的意思是说,灾祸将至,需在他那里买点符回去烧成灰服下,方有可能逢凶化吉。杨震一听这套江湖术士骗钱的老把戏,当即掷下几文钱,转而到别的卦摊去了。随后又一连问了好几个算命先生,都是满口胡言乱语。

到了傍晚,杨震已问遍了几乎所有的卦摊,花了不少冤枉钱,也耗费了不少时间,仍一无所获。杨震沮丧地在大相国寺外晃悠着,思量着回去该如何向主子交代。就在这时候,他忽然发现寺庙东侧的墙角里蜷缩着一个衣衫褴褛的道士,那道士瘦得皮包骨头,见杨震正向自己走来,便用他的公鸭嗓喊了一声:"算卦,算卦喽!"杨震本准备打道回府,见这里莫名又多出个卦摊来,心想"死马当成活马医吧",便把纸条递了上去。

那道士用两根手指头慵懒地接过纸条,漫不经心地看着,突然

第七卷 大地裂痕

他将纸条揉成一团,用力地向地上掷去,嘴里大声喝道:"去你的,竟然跟我开这等玩笑!"

杨震愣在原地,不明白道士为何会有如此激烈的反应,心想大概是遇上了疯子,便自认倒霉,弯腰捡起地上的纸条。

此时,那道士又开口了:"你拿着天子的生辰八字就不怕惹来杀头之罪么?"

杨震一听此言,顿时大惊失色,将纸条收起,紧张地凑近那道士,压低声音说:"你这道士在胡言乱语些什么?这明明是我的生辰八字,怎么会和天子扯上关系?"

道士无奈地笑了笑,摇了摇头,便慢慢站起身,掸了掸身上的灰土,收拾起自己的摊子,临走前对杨震说道:"这是谁的生辰八字,你自己心里清楚。既然不肯坦诚相待,我也就不多言喽。"说罢,他伸了个懒腰,转过身慢吞吞地往大相国寺边上的一条小巷走去了。

杨震愣在原地,心想这道士看似疯疯癫癫,竟能一眼看破玄机,看来绝非等闲之辈。杨震跟上步伐,准备继续追问,但当他来到那小巷口,却发现这是一条死路,而那道士竟已经无影无踪了。

杨震回到端王府后,将那道士的事告诉了赵佶。赵佶听后难掩兴奋之情,在屋里来回踱步,思虑良久,对杨震道:"这世间竟真有此等高人?那道士还说了些什么?你可曾继续追问?"

杨震见赵佶迫切的神色,便自行添油加醋道:"那……那道士还说,王爷您这生辰八字,乃是天子命格,还望您日后能善待天下百姓。"

一、赵佶继位

听得此言,赵佶若有所思,有些恍然出神,一边就慢慢地坐了下来。

赵佶对那道士的话笃信不疑,知道自己当皇上是万事俱备,只欠东风。所谓"万事俱备",是因为他早已打点好关系,上至向太后、朱太妃、朝中重臣,下至宫女太监,提起他端王爷,无不歌功颂德,端王的德行和才华早已受到广泛的认同;而"只欠东风",则是因为,欲登大位尚须静待天命——天命取决于体弱多病又膝下无子的皇上还能撑多久。

皇上赵煦可算是命运多舛,在当了多年的傀儡皇帝之后,终于获得了实权,却又为疾病所累,难以大展宏图,甚至连传宗接代都做不到。在这种挫败感中,他郁郁寡欢,也因此病得更重了,寿数也即将被耗尽。

3. 立新皇花落谁家

对于赵煦而言,命运似乎是一个定数,他眼睁睁看着自己堕入厄运却没有能力解救自己,他的生命一点一点被蚕食,一点一点下沉,直到被淹没。在弥留之际,除了嗟叹和发脾气之外,他没有任何其他的事情可以做。他把自己的嫔妃叫到身边,在耳边虚弱地呼吸了几声,却说不出什么话来。

而对于赵佶而言,赵煦的病危却成为一个契机,不久他终于等来了他的"东风"。元符三年(1100)正月十二,年仅二十四岁的赵煦驾崩,宫廷上下满是哀号,但这对于赵佶来说,实在是件值得庆贺的事,他做了多年的皇帝梦终于就要成为现实。

第七卷　大地裂痕

果然,没过几日向太后就在福宁殿里召集群臣,商讨谁来继承帝位的问题。这向太后乃是神宗皇帝的皇后,哲宗朝时升格为皇太后,赵佶早就认清了形势,想方设法笼络向太后身边的人,因而向太后的耳边尽是各种对赵佶的赞美之声。久而久之膝下无子的她也对赵佶产生了好感,认为端王赵佶无论人品还是才学,都比其他的王爷高出了一大截。现在哲宗驾崩,继位者尚未选定,但在向太后的心里,早已有了答案。

在福宁殿里,向太后坐在帘后接见群臣,受召唤的宰辅大臣们依次进入殿内。他们每人都带着肃穆的表情,一来是因为皇上驾崩,二来则是因为今天的事情事关重大,既关系到大宋的国运,也关系到他们个人的命运。向太后坐在帘后,慢慢悠悠地向大臣们问道:"大行皇帝尚无子嗣便不幸崩殂。有道是国不可一日无君,当务之急是要迎立新皇。各位都是先皇的重臣,今日请共同商讨继位人选。"向太后开门见山,而帘外的大臣们却是一片沉寂,他们谁都不敢轻易开口提议。

这样的当口,在场的诸臣都心有顾虑,生怕站错了队,砸了自己的脚。拥立新皇这事,就如一场豪赌,若是拥立对了人,将来自是有功,但倘若拥立错了,往往没什么好下场。群臣们面面相觑,谁都不肯开口,以至于向太后不得不发出了又一声催促,隔了许久,终于有人开口。

"臣以为当立简王,他与先皇乃是一母同胞,于情于理,皆当嗣位。"宰相章惇进言道。

向太后听到章惇的"一母同胞"四个字,不由得皱了皱眉头,只

一、赵佶继位

轻轻说了声:"不妥,简王排名十三,断无僭越之理。"章惇听出了向太后声音里暗藏的不满,意识到自己犯了忌讳——那哲宗是朱太妃之子,现在要是再立简王为新皇,便意味着朱太妃的两个儿子接连当了皇帝,这显然是把向太后置于一个尴尬的境地。章惇的提议被迅速否决后,又再奏道:"若是依几位藩王的长幼之序,应立申王。"章惇所说的申王名为赵佖,是神宗的第九个儿子。赵佖算是有贤德的,但是儿时患病,一眼失明,堂堂大宋的皇上,若让他来当,未免贻笑大方。向太后再次果断地否决了章惇的提议。章惇连番受挫,一时语塞,其余大臣们也是面面相觑,无人开口。

"申王既不可立,按长幼序,当立端王,各位意下如何?"向太后终于说出了自己一直想说的话,她心里明白,按照长幼之序来排,合情合理。不料此时章惇又一次跳了出来,几乎在向太后话音落下的同时奏道:"端王轻佻,不可以君天下!"

这话一出口,章惇便立刻后悔了,倘若端王赵佶真的继任了皇位,自己的下半辈子估计不会有什么好果子吃了。此刻的章惇恨不得时光倒转,但已经来不及了,向太后和所有大臣都清清楚楚地听到,这句话也已被记录在案。更要命的是,这时候他的老对头、知枢密院事曾布开始落井下石。

曾布本来一直沉默着,一副没睡醒的样子,现在却突然精神大振,高声斥责道:"宰相此言差矣,端王贤能,人尽皆知,实是继承皇位的不二人选,况且依长幼之序,这也是天经地义的。宰相无端发此议论,到底居心何在?"能言善辩的章惇此时已经完全说不出话来,他恨自己的这张嘴,居然在如此短的时间内就给自己种下了这么巨大的祸根。按此形势来看,端王继任已经是板上钉钉的事,无法改变。果然,向太后接过曾布的话:"诚如子宣所言,端王仁孝贤能,又年长于其他诸王,实是天命所归,众卿是否还有异议?"

太后既已说出"天命所归"四个字,再反对那就是逆天行事,大臣们当然不再有异议,一致同意端王继任。大宋的历史也因为这场短会而开启了全新的篇章,转入令人难以预料的方向。

4. 年轻的大宋新君

赵佶此刻在端王府里静静地写着字,等待着消息。他已经等了太久,反而比从前心平气和了,或者说,他已经胜券在握。他相信自己是天命所归,此时笔墨落在宣纸上,看起来波澜不惊,但当他听到门外急促的马蹄声时,他的心还是颤动了一下,手底下的笔墨也向着一个错误的方向偏去,好好的一幅字,就这么给毁了。他搁下笔,慢慢抬起头,向门外望去,只听得一个太监用细细的嗓音喊着:"太后圣谕,宣端王进宫!"这一声在赵佶听来格外悦耳,他再也按捺不住心中的欣喜之情,即刻快步来到大堂迎接前来报喜的使者。

两名太监也极其恭敬地拜见端王,然后引着他上了停在端王府门口的马车。走出端王府的时候,赵佶回过头来看了一眼,心中愉快地想着"这端王府,恐怕是再也不会回来了"。

一路上,赵佶的心上涌起百般滋味,一件自己做梦都不敢想的事情就要成为真真切切的现实,却突然感到有一种不现实的感觉,

一、赵佶继位

他甚至用力地捏了一下大腿,以确定这一切并不是在幻梦中发生的不实之景。

不久,赵佶便来到皇宫,等待他的已是九五之尊的排场,大臣和太监们依次排开,迎接这位年轻的大宋新君。他徐徐前行,来到正殿之下,礼部尚书正站在那里宣读太后懿旨:"太后懿旨,皇上不幸驾崩,端王受命于天,继任天子之位。"

赵佶接旨后,两个太监便从旁走出,为他戴上皇冠、披上龙袍。赵佶来到哲宗的灵柩之前。赵佶"扑通"一声便跪了下来,身后的百官也连忙下跪,他高声号泣,百官跟着哀号。赵佶哭得极为真诚,泪水湿透了崭新的龙袍,文武百官见状,无不为之动容。隔了许久,赵佶似乎还是没有起身的意思,身旁的曾布便开口劝道:"皇上,您与先皇兄弟情深,天地可鉴。但还是请您以江山社稷为重,保重龙体啊!"因自恃有着拥立之功,曾布很自然地便站到了离新皇最近的地方,而章惇则退在后方,一言不发。

听了曾布之言,赵佶轻拭双颊,终于缓缓起身,两个太监连忙上前将他扶起,随后一左一右扶着他走向龙椅。赵佶抹干了脸上的泪痕,坐上皇帝宝座,正襟危坐,颇有天子的风范,与那皇冠龙袍都格外契合。一时百官跪拜,声势浩大,一扫哲宗驾崩所带来的哀怨氛围,"万岁万岁万万岁"的回声在皇宫的上空不断盘旋而上,升入耀眼的云端。

赵佶登基半月之后的一个黄昏。

皇上的龙轿停在了向太后居住的清仁宫门外,在太监的搀扶下，年轻的皇上风度翩翩地从轿中缓缓走出。在这短短的半个月里，赵佶已经将天子的风范化入一言一行，也习惯了在自己所作的字画上题上"天下一人"的落款，他的龙椅算是坐热了，但毕竟还没坐稳。因此他时常出入向太后寝宫，主要是与她商讨朝政，以示尊重。

要说半月前赵佶继位后的第一件事，便是请向太后垂帘听政，毕竟要稳固上位，眼下只能依靠太后这块招牌，向太后象征性地推辞了几次，就答应了下来："既然皇儿如此恳切，哀家也不便再作推辞，只是大事方面还需请皇儿自己做主。"赵佶连声拜谢，心中暗喜，一来是因为找到了向太后这座稳固的靠山，帝位不易旁落；二来是向太后似乎并没有当年的太皇太后高氏那样的政治野心，不像会借着垂帘听政来掌握大权。作为新皇，赵佶显得尤为谦逊，时不时来给向太后请安。

此刻向太后身边的宫女正在门口恭迎皇上驾到，然后引着他进了门。进到里屋，见向太后正坐在帘后，赵佶便给向太后请安，向太后则按惯例请他到帘后入座。

"儿臣今日前来，一来是向母后请安，二来也是想与母后一同议政。"

向太后见赵佶一副勤于朝政又十分尊敬自己的样子，感到十分满意，心想拥立他看来真是明智之举，当即便夸赞道："皇儿真是越来越有当年老先皇的风范了，日后必能成为一代明君，为后人称颂。"

赵佶道："多亏母后答应垂帘听政，要不然儿臣还真不知道该如何治理朝政,母后能以江山为重,尽心扶持儿臣,实乃万民之福。"几句客套话过后,他便切入正题,"有一事,儿臣这几日百思不得其解……"

见赵佶欲言又止,向太后道:"皇儿但说无妨。"

赵佶缓缓站起身,略有些沉重地走了几步,道:"自元祐起,新旧党争便日趋激化,当年为平息纷争,推行新法,先皇不得已将旧党投入大牢,但根本的矛盾仍然存在。依母后之见,新法与旧法该如何取舍?"

"新党旧党,无论贬抑哪一方,都难以平息争端,不如取一个折中之法。"

赵佶一听,心中大喜,向太后的意思正与自己不谋而合,当下说道:"母后所言甚是,取折中之法乃是上策。"

达成共识后,赵佶便似吃了一颗定心丸,事实上,新法旧法对他而言都无所谓,当务之急是要巩固政权,避免朝廷中的任何一派占据主导,尽可能地使两大阵营相互制衡,而向太后的答复正合了他的心意。

当晚,赵佶便命人送书信,将当年那些被流放到各地的旧党大臣召回朝野。对于一个新皇而言,雪中送炭要胜过锦上添花,与其去提拔朝中原有的旧臣,不如将那些被驱逐的老臣重新接纳回来,他们不但经验丰富,而且还会心存感激。

5. 新皇继位三把火

没过几日,早朝之时,廷上出现了几张久违的老面孔,皆是哲

第七卷　大地裂痕

宗时期被贬的旧党大臣,有些是新皇刚从监狱里赦免出来的,还有些则是从各地被召回来的。为首的是一名年逾六旬的老翁,正是韩琦之子韩忠彦,刚从大名府被调回来。韩忠彦看起来有些激动,他本是名臣之后,哲宗时期的冷遇让他心有不平,如今新皇一继位便把他召回宫来,必是要有所重用,这让六十多岁的他体会到一种扬眉吐气的快感。他瞥了一眼廷上的几名新党的老对头,心想"风水轮流转,这下该轮到我了"。赵佶大手一挥,示意太监宣旨。太监便打开那金色卷轴大声地念了起来,主要的内容是升大名府知府韩忠彦为吏部尚书,调真定府李清臣为礼部尚书,右正言黄履为资政殿大学士兼侍读。听完这圣旨,韩忠彦才明白这新皇葫芦里卖的什么药,他并不是要重用旧党成员,而是要让新旧两党停止争端,相互制衡。

很明显,在这被提升的三人中,除了他韩忠彦是旧党外,其余两人都是新法的忠实拥护者。

所谓不破不立,破格提升了这三人之后,赵佶也相应地打压了几人,在这群倒霉蛋中首当其冲的就是章惇了。章惇自己也料到了这一点,因此赵佶继位后他一直郁郁寡欢,三餐茶饭无滋味。章惇是新党的领袖,垂帘听政的向太后必然不能容他,而他在福宁殿的那句"端王轻佻",又把新皇狠狠地得罪了。再加上此人为相期间操持权柄、遮蔽圣聪、党同伐异,因而臭名昭著,民间甚至称其为"惇贼",无论哪条罪名都够他受了。

赵佶故意沉吟片刻,假装深思,然后说道:"对先皇在天之灵不敬,本是死罪,但念在你当政期间于国有功,就暂且免去死罪,降为

一、赵佶继位

知越州。"

"多谢皇上宽仁!"章惇连连磕头,既对自己的宰相之位有些恋恋不舍,又暗自庆幸,降为知州已是不幸中的大幸,他日没准还能东山再起。他没想到的是,这只是他未来一系列悲惨命运的开端而已。

此后,赵佶又接二连三地将安惇、蔡卞等人或贬官或罢免。当时有民间歌谣唱道:"一蔡二惇,必定灭门,籍没家财,禁锢子孙。"如今这一蔡二惇都相继落马,百姓无不拍手称快。

新官上任的韩忠彦毕竟是忠良之后,他为人正直,敢说真话。在当上吏部尚书后的三个月里,他便相继提出了"广仁恩、开言路、去疑似、戒用兵"四事,均被新皇采纳,一时朝臣们纷纷称颂皇上善于纳谏。曾布便第一个歌功颂德起来,在面见皇上的时候他说道:"皇上继位以来的举措,皆合人心,尤其是任命韩忠彦等直言之士,实在是贤明之至!"赵佶听后大悦,便顺着曾布的话道:"朕也知韩师敦厚贤良,正准备拜他为相,卿意下如何?"

听了此言,曾布的神色突然变得有些难看,他本来只是意在拍皇上马屁,顺带提了下韩忠彦,没想到皇上居然要任命韩忠彦为宰相。曾布本来觊觎宰相之位已久,原以为自己在皇上继位这件事上有拥立之功,大可取代章惇为相,后来章惇遭贬,曾布的脖子便伸得更长了,现在却要让这韩忠彦坐收渔利,心中愤愤不平。但他也知道皇上的决定不会轻易改变,便只好不情愿地说道:"皇上圣明,韩公清廉正直,实至名归。"

第七卷 大地裂痕

韩忠彦就此登上相位,自然便讨取了向太后的欢心。

这个时期的赵佶可以说是励精图治,集历代明君之贤德于一身。他从谏如流,向天下贤士诏求直言,诏书上的话字字恳切:"其言可用,朕则有赏,言而失中,朕不加罪。"当时的人们对于引蛇出洞、秋后算账的阳谋所知甚少,便纷纷直谏,从大臣到民间百姓大都畅所欲言,并庆幸遇上了一位千年难遇的好皇帝。

一日在早朝时,赵佶感到有些体乏,急着退朝回寝宫休息,但耿直的大臣陈禾依然口若悬河,请求皇上再稍候片刻。见皇上就要退朝,情急之下,扯住了皇上的衣袖,竟把他的龙袍给扯破了。陈禾见状连忙伏地求饶。

龙袍是天子威仪的象征,代表皇家身份。撕破龙袍,无异于对皇权的挑衅,按律可斩。不料赵佶转过身来,扶起陈禾,非但不降罪,还大加赏赐,并保留那件破衣裳,以此明志,其贤良清明,可见一斑。

赵佶的恩威不仅在汴梁被广为称颂,而且传到了千里之外。

一代名相范仲淹的儿子范纯仁,时年已七十有四,继承了父亲的高尚人格,对朝廷忠心耿耿,始终以天下为己任,可惜在哲宗朝的政治博弈中不幸落马,被贬永州。如今他年事已高,身染顽疾,本以为将就此在永州终老,没想到皇上的一纸诏书将他从千里之外召回,又让他本已宁静如水的心再生波澜。范纯仁感念皇恩,当即起程返京,却不幸身死途中。

同年,赵佶改年号为"建中靖国",其寓意是"无偏无党,正直是

一、赵佶继位

与",要建立一个既不偏袒旧党也不倾向新党的太平安宁的国家。至此,他的一系列新政达到了高潮,他的江山已经完全坐稳,不再需要向太后这座靠山了。向太后的历史使命也已完成,可称得上是功德圆满,于是便"识趣"地准备放手。病重之际,赵佶来到榻边,见向太后消瘦得不成人形,潸然泪下,他是打心眼里敬重、感激她,所以每一滴眼泪都充满了真诚。

向太后虚弱地扯着赵佶的袖子,说道:"皇儿莫再哭泣,生死之事,皆由天命,不可违逆。哀家寿数已尽,自当归去。"赵佶安慰道:"母后洪福齐天,必能安然度过此劫,儿已召集所有太医会诊,并悬赏民间神医,请母后放心。"向太后咳嗽着,摆了摆手道:"自己的命,自己知道,皇儿就别再行徒劳之举了。还望你日后能继续勤政爱民,振兴大宋江山。"赵佶连声允诺,发誓要创出一番伟绩,完成祖宗未竟之事业。向太后又陆续地作了些嘱咐,便说觉得困倦,想要睡觉,他便退出。

这夜,向太后安详地离开人世,享年五十六岁。

二、相位风云

1. 曾布：斗争与博弈

右相府内。

曾布坐在自己的书房里，一边饮茶，一边凝视着桌上的一副象棋残局，全神贯注。他可算得上是汴梁城内的象棋第一爱好者，总会为研究棋谱而废寝忘食。但是相比弈棋而言，他更痴迷于现实中的斗争与博弈，最享受对手在他面前倒下的样子，在他看来，这是比日落、退潮更为美丽的景象。

此刻曾布正盯着残局出神，管家走了进来，似乎有事禀报，刚开口叫了声老爷，却被曾布制止，示意不要打断他的思路。管家只得闭嘴，退到一旁静候着。曾布继续看棋，隔了许久他突然一拍大腿，似乎是想到了破解之法，面露欣喜，终于从象棋的世界里跳脱出来。他看到管家正站在一旁，便问道："何事？"

管家答道："左司谏吴材求见，正在府门外等候。"

曾布一听，站起身来，斥责道："混账奴才！岂能让客人等在门

二、相位风云

外？速速迎进来！"管家有些委屈地应了声,便到府门外迎接。

不多时,左司谏吴材便被引到了正厅,他向曾布行了个礼:"下官拜见曾右相。"曾布热情地上前扶起吴材,道:"免礼免礼。圣取啊,方才是下人不懂礼节,未及时向我禀报,让你久等了,请你多多担待。"吴材起身,见堂堂右相对自己竟如此亲和,内心深受感动,道:"谢右相体恤,下官也是刚到而已,不知右相此次召见下官有何吩咐?"

曾布一面请吴材入座,一面答道:"其实也无特别之事,素闻圣取博学多才,性格刚正,敢于直谏。本相爱才,也敬重正直之士,一直想结交你这样的青年才俊。"

吴材虽知这样的溢美之词只是客气,曾布请自己来也绝不只是结交青年才俊这么简单,但是内心还是十分欢欣鼓舞,嘴角不由得浮现出一丝笑意,忙谦虚道:"右相抬举下官了。"

曾布把左司谏叫来,当然是有着重要的用意。他觊觎左相之位,但当时却偏偏让那韩忠彦坐收渔利,现在的曾布虽然因为拥立皇上有功,被拜为右相,但他仍然不甘心位列韩忠彦之下。在他看来,韩忠彦平庸无能,又有着几分懦弱,跟自己的雄才伟略完全无法相提并论。在过去的这段时间里,曾布屡次在早朝时与韩忠彦对着干,并总能占据上风,将许多大事的决定权都夺了过来,但他还不满足,非得把韩忠彦赶下台,取而代之不可。

作为右相,曾布不便直接上奏弹劾左相韩忠彦,便想要通过收买司谏来达成目的,因此对吴材的态度很温和。实际上,以曾布跋扈的性格,绝不会将任何人放在眼里,至于眼前这个小小的左司谏吴材,只是他即将要启用的一颗小小的棋子罢了。

曾布试探性地问道:"依圣取之见,韩忠彦这个宰相当得如何?"吴材一听,手上一颤,差点把杯里的茶水洒出来。他知道曾布和韩忠彦向来不和,在曾布面前夸赞韩忠彦自然不妥。他也知韩忠彦为人优柔寡断又无胆识,并非为相之才,但韩忠彦毕竟为当朝左相,地位和名声都在曾布之上,也不敢在背后妄加议论。曾布看出了吴材的顾虑,说道:"圣取请放心,这里没有外人,不妨直言。"

吴材不得已,便含糊地评论了几句:"韩相为人正直,忠心耿耿,德高望重,只是略有些保守而已。"这几句评论不算尖刻,也是人尽皆知的事实。其时向太后去世,旧党失去了庇护者,新党卷土重来,而韩忠彦是旧党的代表人物,说他保守并不为过。

曾布听了吴材的话很高兴,道:"圣取之见与我不谋而合,我也颇为欣赏韩忠彦的为人,但其保守的政见确实难有作为。元符末年时,废神宗新法、逐新党人才,韩忠彦也是主力,这样保守的老臣当宰相,恐不利于社稷。"

曾布等于是把话挑明了,这时候,吴材已然知道了曾布的真实用意,是要借自己的口来弹劾韩忠彦,便迅速地在心中盘算了一把。对他而言,此事有风险,毕竟要弹劾的人是当朝的宰相,但是就目前朝中的局势来看,新党将逐渐占据主导地位,韩忠彦迟早要被取代。自己若能率先弹劾韩忠彦,便可乘机讨好新党,说不定未来能借新党崛起的势头为自己谋求加官晋爵的良机。再加上现在又有右相曾布撑腰,大可以尝试冒一次险。他当即接过话头,说道:"右相所言极是,皇上改元'建中靖国',其初衷就是希望能做到无偏无党,正直是与。以此看来,选政见相对中立者为相更佳。"

眼前的这位年轻的左司谏能有这样的反应,令曾布感到非常满意。实际上,曾布正是这样一个"政见中立者",他很难被简单地归类为新党或旧党,他有着新党的属性,但是有时又阻碍变法,始终在新旧两党的阵营之间不停摇摆,用俗话说就是"墙头草,两边倒",善于见风使舵。

曾布赞许道:"圣取如此年轻就能识大体,顾大局,老夫感佩不已!"有了曾布这句话,吴材感到底气更足了,当即表示回去就草拟奏章,来日上书皇上。临别时,曾布还做出承诺:"阁下上书后,老夫与蔡承旨必当合力游说皇上纳谏。"曾布口中所说的"蔡承旨",在宋史里的名声要比曾布大得多,他便是后来的"六贼"之首:蔡京。

2. 蔡京:春风又绿江南岸

且将时间向前倒推半年多,其时赵佶继位不久,在朝中担任翰林学士承旨的蔡京受到曾布排挤,被贬官到杭州。杭州这地方风景秀丽,被誉为人间天堂,但蔡京却无心欣赏,担忧自己会和章惇落得同样的下场。他郁郁寡欢,又恰逢江南连日阴雨,加剧了他低落的情绪,他的妻妾们轮番安慰都无济于事,因为他知道自己已经五十三岁,几乎没有再翻盘的可能。况且自从元祐以来,被贬到杭州的官员几乎都会在不久之后被贬到更遥远的地方,一切似乎都指向不妙的结局。

时间一晃又过了三四个月,梅雨季节已然过去多时,蔡京的心

第七卷 大地裂痕

情也稍稍平复,皇帝改元"建中靖国",提倡折中至正,消释朋党,自己暂时应该是安全的。但是他始终无法摆脱一种迷茫的状态,他对皇帝缺乏了解,不知道未来的政治风向,不知道自己将何去何从,是甘于在杭州安享晚年还是谋求翻身?如果是后者,那么又该通过什么方式呢?正值此时,他的救命稻草出现了。一个重要的人物来到杭州城,为蔡京的东山再起提供了契机,他是一个名叫童贯的大太监。

童贯是一个与众不同的太监,这一点从他的外貌就能体现出来——他的脸上竟然蓄有胡须,这对于一个太监来说显然是匪夷所思的。当然,童贯的特别之处还不止于此,后来的种种事情表明,他是一个特殊的存在。

童贯此次千里迢迢从汴梁赶到杭州,是来执行皇帝布置的一个重要任务:搜罗名人字画。众所周知,赵佶早在做端王的时候就是有名的风流才子,对各类字画的喜爱达到了痴迷的程度。如今当了皇帝,自然要将天下珍品尽数收入囊中,于是就把这个使命交给了童贯。这个消息一传到蔡京的耳朵里,他立刻就明白,机会来了。要知道,蔡京除了朝廷命官之外,还有另外一个身份——当世数一数二的书法家,天下闻名的"苏黄米蔡"中的"蔡"指的就是他。得到消息后,蔡京便立即将这位童公公请到自己府上,说是要为他接风洗尘,并命人设下宴席。童贯与蔡京之前并无太多交往,但蔡京的艺术造诣确是世人皆知,如能让他帮忙参谋参谋,必能为皇帝搜罗到真正的珍品,于是童贯便欣然赴约。

蔡京无论名气还是岁数都要比童贯大,也极少与太监结交,但

二、相位风云

他这天却显得十分恭敬,亲自来到府门外,将这位远道而来的客人迎入府院,可以说是给足了童贯面子。对于蔡京来说,他今日迎来的可不只是一个太监,更是自己未来重返仕途的一根救命稻草,这样的机会显然不是人人都能有的。毕竟这普天之下,书画的造诣能够达到他这般境界的人本就凤毛麟角。

童贯见蔡京如此看重自己,连连作揖,客气道:"蔡大人亲自出门迎接,咱家真是受宠若惊。"蔡京便挽起童贯,将他引向大厅,仿佛已是亲密无间的朋友:"童公公这样的贵客驾临,蔡某若不亲自迎接,岂不是有失礼仪。"二人一边寒暄,一边步入正厅,桌上丰盛的宴席早已摆好。

席上的珍馐皆是有名的江南美食:西湖醋鱼、龙井虾仁、叫花童子鸡、宋嫂鱼羹、八宝豆腐……这些当地的名菜光从菜色上看,就十分地道,比那丰盛的宫廷御宴更加诱人。每一道菜都是色泽鲜美,让人垂涎欲滴又不忍下筷,绝非寻常的厨子所能烹制。

即便是童贯这样一个来自皇宫、见过世面的人看到蔡京府上的奢华装潢都不免大吃一惊。这大厅里几乎每一样东西都是精美的艺术品,墙上挂着价值不菲的名家真迹,厅内全部桌椅的雕镂都极其考究,桌上的餐具有金盘、银盏、玉碗,分别乘着汤、菜、饭,一眼望去就令人食欲大增。再看蔡京府上的丫鬟,也一点不像丫鬟,个个倒像是大家闺秀,气质非凡。

这童公公虽然身体有残缺,但对女人还是充满着欲望,此刻一左一右两位美人伺候着他,为他斟酒扇扇,酒和美女的香味交织在一起,让他不禁有些迷醉,还未饮酒,脸上便泛起了红光。蔡京举

第七卷 大地裂痕

起酒杯,道:"童公公,我先敬你一杯。初次光临寒舍,这酒菜置办得有些仓促,有招待不周的地方还请你多担待。"

"蔡大人过谦了,说真的,蔡大人的这顿饭,可真是令咱家大开眼界!"童贯并没有夸大,事实上以他过去在宫中的地位,的确没有什么大饱口福的机会,皇上身边试吃菜肴的差事也有专人负责,轮不到他品尝。

童贯性情豪爽,举杯一饮而尽,蔡京示意丫鬟继续满上。二人边吃菜边聊着朝廷内外发生的新事。提到蔡京的遭遇,童贯显得有些惋惜:"蔡大人国士无双,如今却被贬谪至此,实在是时运不济,依咱家看,皇上早晚还会召蔡大人回宫。"

蔡京大笑,与童贯再饮一杯,道:"托童公公吉言,蔡某不胜欣慰。"蔡京又亲自把银盏中的酒斟满,切入正题,"我听说,童公公这次到杭州,是受圣上委派搜罗民间丹青珍品,不知可有此事?"

"蔡大人真是消息灵通,不错,咱家这趟来杭州,为的就是这事。"童贯知道蔡京的意图,便顺水推舟道,"承蒙皇上的信任,可是咱家对于这字画可以说只是一知半解,恐怕难负重任。今天见到了蔡大人,咱家这心里才算是有底了,还请您多多帮忙参谋。"

蔡京当即表示将竭尽所能协助他,二人碰了碰杯盏,就此结下了盟友的关系。

饭局结束后,童贯正准备起身告辞时,却被蔡京叫住。蔡京道:"童公公若不嫌弃,方才你用过的器具,就当是见面礼了!"说罢他命人将童贯所用的金银餐具洗净打包,连同那两个侍奉他的美

二、相位风云

女一起赠送给了童贯。童贯连忙推辞道:"万万不可,蔡大人府上的宝物,咱家岂能随便据为己有?"蔡京笑道:"童公公若是瞧得起蔡某,就把我蔡某当朋友,既是朋友,便不分彼此,区区餐具和丫鬟又算得了什么。"他又命下人搬出个大木箱子,在童贯面前准备打开。

"这些是我蔡某人多年来收藏的一些名家字画,还请童公公代为转交给皇上。"

童贯一时半会儿还没反应过来,但他见那箱子乃使用名贵的紫檀所制,一股沁人心脾的木香扑面而来,箱子雕刻得极为精致,像是出自名家之手。童贯心中暗想,连一个装东西的箱子都如此,更不用说里面所藏的东西了。

童贯凑上前一看,果然不出所料,里面尽是一些卷轴字画,看起来大多年代久远,价值不菲,心想这蔡京可算是下血本了。对童贯而言,这件事是一举两得的,将这些字画带给皇上,既能讨得皇上欢心,又帮了蔡京一个大忙,便作揖道:"多谢蔡大人,皇上见到这些珍品,必然龙颜大悦,咱家也好交差了。"当即命手下人将这些东西搬上马车,也欣然地收下了两个美女。

二人在府门前告别,看着童贯的马车逐渐走远,蔡京站在府门外略感辛酸。他对书画的痴迷可一点也不次于皇上,那些字画都是他几十年来精心收藏的,价值连城。他把这些宝贝献出来,就是想豪赌一把,没准能用它们换回一个光明的未来。但他也想到,如果不幸打了水漂,那可真是损失惨重。

3. 童贯：蓄有胡须的太监

幸好，童贯没有让蔡京失望，在之后的一段时间，童贯和他的交往更加密切了。过了一个月，童贯带着第一批字画回到皇宫面见皇帝的时候，就开始不遗余力地为蔡京美言，说他在杭州勤政爱民，受到当地百姓的爱戴。蔡京一听说他是来为皇上搜罗字画的，二话不说便将自己几十年的收藏统统贡献了出来。皇帝打开这箱字画，如获至宝，爱不释手，当着童贯的面赞道："蔡京果然品位超群，不同凡响，献上的字画件件都是绝世精品。"

童贯道："奴才听说蔡大人自己也是当世顶尖的书法名家，与苏东坡、黄庭坚、米芾等人齐名，皇上何不收藏一些他的作品？"

皇帝微微一笑，道："蔡京的墨宝，朕早在五六年前就开始收藏了。"

原来，当赵佶还是端王的时候，就与蔡京有些渊源了。其时蔡京在京为官，一次在汴梁城北门纳凉，那里的两名衙役对他十分恭敬，各自手执一把白色团扇为他扇风。蔡京一高兴，便命人笔墨伺候，当场在那两把团扇上各题了一首杜工部的诗，赠予两人。待到几日后，蔡京又见到这两名衙役时，他们都换了身行头。两人见到蔡京，赶紧拜谢，说是有位亲王花了两万贯的高价买下了他们的团扇，现在靠着这笔钱，他们给家里添置了不少东西，还余下不少的钱财。那位买下团扇的亲王正是当时的端王赵佶，可见他对蔡京书法的欣赏。

童贯听后，叹道："原来如此，原来皇上与蔡大人还有这么一段

二、相位风云

渊源。只是像蔡大人这样的栋梁之材,谪居杭州似乎有些大材小用了。"

皇帝没有接话,只是嘱咐童贯道:"童爱卿,此次你再去杭州,还是继续和蔡京多走动走动,顺便也替朕搜罗一些他的佳作来。"

童贯道了声遵命。这时,一名小太监进来禀告:"皇上,国史院邓洵武求见。"皇帝示意请他进来,然后对童贯道:"那你先回去吧,回头朕自有重赏。"童贯谢恩,便退下了。出门的时候恰好看到邓洵武正走进来,二人便相互行了个礼。

邓洵武进到屋内,向皇帝磕头请安后,说道:"多谢皇上召见,微臣那天心直口快,冒犯了皇上,还望皇上降罪。"皇帝上前将他扶起,道:"邓爱卿忠心耿耿,直言不讳,朕欢迎还来不及,又怎会降罪于你?爱卿的那句话真是醍醐灌顶,一语惊醒梦中人啊。"

原来,前些日子邓洵武在见驾时曾对皇帝说了这么一句话:"韩忠彦能继承其父之志,而皇上不能。"

这句大实话就如同一根细针刺入赵佶的心脏,让他感到羞愧难当。正如邓洵武所说的,宰相韩忠彦是已故宰执韩琦之子,韩琦当年反对神宗皇上实行新法,如今他赵佶登上了皇位,却将韩琦之子提为宰相,毫无疑问是与父亲神宗的遗志背道而驰的。邓洵武的话瞬间点破了皇帝的尴尬处境,致使他愣在原地,一时不知该如何应对,当时便让邓洵武先退下了。经过这几日的思索,赵佶愈发觉得邓洵武言之有理。其实,他继位后之所以贬抑新党,很大程度上是因为向太后保守的政治立场,如今向太后归天,他的心中总在谋求改变,想要有所作为,却仍犹豫不决,没有行动。而今,邓洵武

第七卷　大地裂痕

的话将此事提上了日程。

邓洵武起身后,皇帝又回到自己的位子上,道:"依爱卿之见,朕要继承父兄之志,该当何为?"对于赵佶而言,继承父志固然是一件很有吸引力的事,但是他也清楚,实行新法绝非易事。一方面,如今的朝廷基本已是旧党的天下,变法的阻力极大;另一方面,当初他改元"建中靖国",提倡无偏无党,如今若是重选立场,等于是推翻了自己所树之碑,有失天子威信。

对于皇帝的提问,邓洵武早有准备,胸有成竹地从自己的袖中取出一纸卷轴,呈送给他,道:"这是臣花了两天时间所作的《爱莫助之图》,请皇上过目。"

皇帝疑惑地看了看邓洵武,不知道这老头葫芦里卖的什么药,竟突然献上画作。皇帝让太监将此卷轴展开,才发现上面并不是画,而是类似于年表的内容。这张表上写着密密麻麻的人名,分为左右两部分,左边是新党,右边是旧党。上面的人名,都是满朝文武,上至宰相,下至馆阁,都在其上,一目了然。旧党的那部分有上百人,绝大多数都身居高位,而新党大多位卑,宰执一栏里只有一个名叫温益的人算是新党。此图所呈现的信息十分明朗,这也是皇帝此时最大的烦恼:想要变法,却无可用之人,便对邓洵武道:"此图的意思,朕自然知晓,然……"话未说完,他突然发现左侧宰执一栏有一个名字被一小块白纸遮住了,便问道,"这是什么?"邓洵武微微一笑,伸手将白纸揭去,但见其下工整地写着两个字:蔡京。

又是这熟悉的名字,赵佶心里微微一怔。

二、相位风云

邓洵武接着说道:"依微臣之见,皇上要续父兄之志,重拾新法,非此人为相不可。"

这可以说是把蔡京捧到了天上,他这么做的原因很简单:知恩图报。邓洵武曾一度被调职,当时雪中送炭,将他保回国史院的正是蔡京。这便是邓洵武竭力吹捧蔡京的真正原因。然而皇帝并没有意识到这一点,他只是觉得同一天里竟有两人向他力荐蔡京,这似乎是冥冥之中的某种安排。身边的邓洵武还在滔滔不绝地陈述蔡京的相才,但皇帝一句都没听进去,因为关于蔡京的一切过人之处,他本就了然于心。于是他打断邓洵武的话,道:"立相之事,事关重大,朕考虑几日,再行定夺。"

邓洵武以为自己的提议被皇帝否决了,便不再多言,有些沮丧地退了下去。待邓洵武走后,皇帝又仔细地看了他方才献上的《爱莫助之图》,他的视线停留在"蔡京"二字上,总觉得这两个字有一种难以掩盖的光芒,在数百个名字之中闪耀着。此时此刻,他的心里已打定主意:将蔡京召回宫中,至于是否担任宰相,还须从长计议。

赵佶将那长长的卷轴收起,对身边的小太监道:"替朕把曾右相召来。"

可能是因为书法的缘故,赵佶对蔡京有一种天然的好感,但他又对这种好感抱有警惕,担心自己一叶障目,只看到对方的优点而将一切缺陷忽略不计。他希望能听到一些反对的意见,以保持清醒,暂时搁置自己对蔡京的偏爱之情,所以他把曾布召来。曾布与蔡京不和,蔡京被贬杭州之事,可以说曾布是幕后主使。曾布对蔡京一向怀有敌意,自然不会像童贯、邓洵武那样竭力地美化蔡京。

第七卷 大地裂痕

然而结果却完全出乎他的意料。

曾布来到宫中已是黄昏,皇帝的晚膳已经备好,便长话短说,开门见山道:"有些大臣向朕建议再度起用蔡京,爱卿对此有何看法?"皇帝正等着听曾布的反对意见,没想到他不假思索地答道:"臣赞成,蔡京才华过人,不用的确可惜。其实臣这几日正在家中草拟奏章,保荐他官复原职。"

听了曾布的这一番话,皇帝不禁愕然。没想到蔡京的人格魅力和感召力如此巨大,连原本的对手都开始为他说好话,这样的人才若是再不重用,那可就太说不过去了。于是皇帝便打消了所有顾虑,当着曾布的面就写下了圣旨,让蔡京官复原职,重新担任翰林学士承旨一职。就像没有觉察到邓洵武的意图一样,他同样没有看出曾布保荐蔡京的真实原因。

曾布是个聪明人,知道皇帝就起用蔡京的问题询问自己,只不过是走个过场罢了,即便自己反对,皇帝也不可能放弃这个念头,倒不如顺水推舟,化被动为主动。另一个更重要原因在于,曾布打心眼里早已不把蔡京当成对手,现在的首要敌人是左相韩忠彦,这个固执的旧党,而蔡京则属新党。本着"敌人的敌人就是朋友"的原则,他选择保举蔡京,来为扳倒韩忠彦增添筹码。但自认聪明的曾布没有预料到,这将是一个致命的误判。

几日后,蔡京带着圣旨一路北上,连夜赶路对于他这样一个年近六旬的人而言是辛苦的,但是他的心情却从未如此这般愉悦,他庆幸自己终于可以和杭州告别了。他已经年近六旬,但一切才刚刚开始。

二、相位风云

4. 相位风云：人算不如天算

当吴材在早朝时呈上那份弹劾韩忠彦的奏章时，曾布和蔡京短暂地当了一回盟友，默契地完成了一次落井下石，厚道的韩忠彦被那两人的三寸不烂之舌攻击得哑口无言。皇帝翻阅了那本吴材与王能甫联合上书的奏章，只见第一面上写着："元符之末，变神考之美政，逐神考之人材者，韩忠彦实为之首……"皇帝深知翻出这样的陈年往事来弹劾宰相很是牵强，但他也明白，自己要想重新推行新法，第一步必然就是罢免韩忠彦这个旧党宰相，韩忠彦必须下台，谁让他挡住了新政的道路呢？皇帝清了清嗓子，正准备按原计划大喝一声"罢相"，用龙威震慑住韩忠彦，不给他任何辩驳的机会。不料那句酝酿已久的"罢相"还未出口，韩忠彦便跪倒在地，老泪纵横、情绪激动地主动请辞："皇上，对于这份弹劾奏章，臣不予置评，也不想反驳。臣年事已高，对于朝中党争已生厌倦，今请辞去宰相一职，告老还乡，望皇上恩准。"说罢，依然在地上匍匐不起。其实韩忠彦早在拜相之时就预料到会有今天，自己拜相只不过是皇上当时的权宜之计，这相位必然坐不长，现在与其争辩不如服软，便演了这出泪洒朝堂的好戏。

韩忠彦这样的反应反倒让赵佶心里生出了几分愧疚，于是他起了恻隐之心，决定给韩忠彦一个体面的结局，当着满朝文武说道："韩相为官清正，向来就是群臣的表率，有道是瑕不掩瑜，奏章所书的陈年往事，朕也无意继续追究了。至于辞相之事，朕应允了，但是朕要命你任宣奉大夫一职。"

第七卷　大地裂痕

皇帝的网开一面令文武百官们颇有些感动,韩忠彦抹去眼泪,叩首谢恩。之后的事情都在曾布的意料之内,左相的位子自然而然地落到了他的手里,毕竟他是宰执层中资历最老的。韩忠彦被罢相之前,他就开始掌控大局,行左相之实,如今夺得左相之名,终于名副其实了。他看着韩忠彦那老泪纵横的凄惨模样,心里痛快极了,他终于拔掉了这颗眼中钉,赢得了这一盘棋。但令他没有想到的是,在即将开局的另一盘棋中,他将一败涂地,这次和他对弈的人,此刻就在他的身后。

曾布如一个全胜者般登上了相位并在权力的巅峰上彻底陶醉了。通常人在此种状态下,判断力会急剧下降。如今的曾布已无半点忧患意识,他的眼中已看不见真正的对手,对潜在的危险亦毫无知觉。他没有意识到蔡京谦逊外表下深藏的野心,也没有看明白皇帝心目中真正的宰相人选。

两个月后,蔡京被提升为尚书左丞,四个月后,又升至右仆射兼中书侍郎,进入了朝廷高层,但自负的曾布却仍然没把他当回事,因为蔡京对自己极为恭顺。在朝堂之上,但凡曾布的意见,蔡京都是第一个拥护者,绝无半点异议。而就是这么一个如绵羊般温顺的人,却在曾布毫无防备之际,突然亮出了一把锋利的匕首,让曾布猝不及防。

这天的早朝,如以往一样波澜不惊,但在接近尾声之际,蔡京突然呈上一封奏折,就陈佑甫担任户部侍郎一事提出质疑。此事只是一个小小的人事变动,几乎不值一提,曾布本也没有仔细听奏

二、相位风云

折上的内容,直到蔡京说出"陈佑甫"这个名字,他才意识到这是冲自己来的。陈佑甫是曾布的亲家,担任户部侍郎的事也是曾布安排的,这本是件芝麻绿豆的小事。

蔡京却言辞激烈地向皇帝道:"为臣者食朝廷爵禄,理应公私分明,而今堂堂宰相竟公然以权谋私,皇上若姑息之,则腐败之风必将日益猖獗。臣斗胆请皇上下旨罢相。"

曾布简直不敢相信自己的耳朵,温顺的绵羊竟然瞬间变成了咬人的虎狼,一时间,愤怒涌上了曾布的心头,他指着蔡京的鼻子吼道:"你给我闭嘴!"

蔡京却像完全没看到似的,继续冷静地陈述自己的奏折,由表及里、由小见大地论述曾布以权谋私可能带来的恶果。曾布暴怒得丧失理智,竟扑上前去,试图扼住蔡京的咽喉。这时,两个侍卫冲上前来,将他制服。

皇帝眼看事情演变成一场闹剧,便拍案而起,喝道:"曾布,你好大的胆子,竟敢在朝堂之上公然行凶!"见皇上龙颜大怒,尚书右丞温益等人也纷纷谴责曾布的无礼。

在皇上的怒喝声中,曾布终于恢复了清醒,但他布满血丝的双眼还是狠狠地瞪着蔡京。蔡京低着头,镇定地退到一旁,就好像方才的那一幕从未发生过。曾布意识到自己闯下了大祸,立刻伏倒在地道:"皇上恕罪!"

赵佶站在龙椅前,冷冷地望着曾布,然后摆了摆手,示意将他拖下去。曾布不再喊叫,这突如其来的变故让他彻底蒙了,身旁的两名侍卫便架着他向殿外走去。神情恍惚的曾布很快就被带离了

第七卷 大地裂痕

大殿,匆匆忙忙地退出了政治舞台,他离殿时的狼狈相被定格了下来,并被后世记下。毕竟大宋开国百余年来,头一回有宰相是以这种方式离开朝堂的。

曾布在被架出大殿之时,脑中一片空白,好像思绪都被之前发生的变故所埋葬。他感到命运弄人,本来在拥立皇上有功的大好形势下,挤走了自己的宿敌章惇,没想到这一步竟然大错特错,真正可怕的不是章惇,而是此刻站在殿上、背对着他、离他越来越远的背影:蔡京。

曾布与章惇的命运雷同,随着一本本弹劾奏折被送到皇上的面前,他被赶出朝堂,驱离汴梁,直至被贬过江南。

韩忠彦、曾布先后被罢免,赵佶再次打开了那幅《爱莫助之图》,提笔蘸墨,将列表上韩、曾二人的名字划去。这两位宰相与其说是被同人弹劾,不如说是被赵佶一手拉下马来的。他心里一直惦记着邓洵武的话"重拾新法,非蔡京为相不可",如今两个最有可能成为蔡京对手的人已不复存在,他便可放心大胆地任命他。果然,蔡京获满朝文武一致拥戴,众望所归地登上了一人之下、万人之上的相位。

赵佶"继承父兄之志"的计划随之拉开序幕,为表明决心,他在不到一年的时间再次改元,将"建中靖国"改为"崇宁",以此昭告天下,舍弃原先不偏不党的立场,转而恢复熙宁新法。不久之后,又下诏禁止元祐法,开始对哲宗朝的大臣们进行打击。至此,赵佶彻底推翻了自己过去在一年里所建造的"小元祐"的丰碑。

三、河湟大捷

1. 元祐党人碑

日上三竿,赵佶迷迷糊糊地睁开眼,看见身边躺着一个十五六岁的陌生姑娘。他已经忘了她的姓氏,只记得昨天童贯将她送进宫来的时候介绍说她是浙江海宁人,他端详着她的相貌,心想这童公公虽是个太监,但挑选女人的眼光倒还是不错的。

眼前这姑娘天生的鹅蛋脸,丹凤眼,肤白胜雪,脸上还带着几分稚气,十分可爱。她在皇上的龙榻上睡得还挺香,不像前几夜的那几个姑娘,都是紧张得彻夜不眠。不过这也难怪,毕竟能被送进宫来给皇上侍寝,这不是谁都能有的经历,对于寻常人家的姑娘而言,真可算得上一次梦幻般的经历,更何况她们都是初经人事。

这海宁姑娘似乎感觉到了皇上的注视,忽然从睡梦中醒了过来,像只受惊的小兔连忙坐起身,给皇上请安,一边拿起衣服往身上穿,因为羞涩而慌乱不堪。赵佶见状,心中又生起怜爱之心,一把抓住她的手,然后将她整个人揽在怀里,拉下床幔……

第七卷　大地裂痕

云雨之后,赵佶在宫女的服侍下更衣洗漱并命人重重地赏赐了那姑娘。这天他因享受鱼水之欢而破天荒地没有上朝,心中隐隐觉得有些不妥,便让太监把宰相蔡京叫来,好将落下的政事补上。不一会儿蔡京便到了,料到皇上会召见自己,因而一直等在宫外,与一位大臣闲谈了一阵。

在太监的引领下,蔡京进入垂拱殿内。皇帝精神不振地靠在椅背上,说道:"免礼,朕今日身体欠佳,未亲自临朝,望爱卿体谅。"其实蔡京比谁都清楚皇上为何不临朝,最近童公公所献上的几名江南美女都是他亲自物色的,但他还是关切地问候了龙体的安康:"请皇上保重龙体,朝政之事臣会代为转达。"

赵佶便开始询问蔡京朝政之事:"朕前日所下的诏书,现在朝中有何反响?"

赵佶所说的这份诏书,是他在禁止元祐法之后的进一步举措,当然,该诏书的真正策划者是蔡京。他将早些年向皇帝上书谏言者的名单全部翻了出来,并将这五百八十二人分成正上、正中、正下、邪上尤甚、邪上、邪中、邪下七等。最初,皇帝对颁布此诏还是有些许的顾虑,毕竟当时是自己诏求直言,还做出了"其言可用,朕则有赏,言而失中,朕不加罪"这样的承诺,如今却开始跟上书者们秋后算账,分明是出尔反尔,言而无信。但蔡京只用一句话便劝服了皇帝:"皇上继位之初诏求直言,建言者大多骤享高禄,其中不乏以建言为名牟取利益者,此类人有欺君之嫌,应当再行鉴别。"

此时皇帝又问起群臣的反应,可见他的顾虑仍未全消,蔡京便答道:"多数臣子都能明白皇上的良苦用心,当然也有少部分反对

三、河湟大捷

的声音。依臣所见,反对者大多是榜上有名,不过是为自己辩护罢了。此类奸佞,断不可姑息。"

"有理,就按爱卿的意思办。"皇帝说罢,见蔡京欲言又止,便接着问道,"爱卿还有何事需要禀报?但说无妨。"

蔡京郑重地下跪谏言道:"臣恳请皇上立元祐党人碑,以免元祐势力死灰复燃。"

"立碑?"赵佶略显疑惑,觉得对元祐党人贬斥、罢免即可,立碑这样的形式似乎是多此一举。但对于蔡京而言,他不希望给对手留下丝毫可乘之机,他要让元祐党人永世不得翻身,所以选了立碑这么一个比白纸黑字更为牢固永久的方式。

"皇上欲继承父志,破旧立新,则必行此道,不然,一旦元祐党人东山再起,必将前功尽弃。"蔡京再次苦口婆心地劝说道。皇帝一听到"继承父志"四个字,心情又不觉激昂起来,近日他接二连三颁布《元祐法禁令》《焚毁元祐条件诏》等,为的无非也就是这四个字。诚如蔡京所言,元祐党人乃是变法的头号死敌,须对他们进行严厉的打压,否则遗患无穷。"好,你拟一份元祐党人名单,朕将御笔亲书,并命人将此名单刻于碑上,以示天下!"

"臣遵旨!"蔡京再次伏地跪拜,赞叹皇上圣明。他接过那无形的刀斧,准备展开一场空前绝后的政治屠戮。

三日后,当皇帝看到蔡京呈上的那份名单时,心中不免一惊,但见名单上整齐地排列着百余个名字,其中有相当一部分都是大宋朝家喻户晓的人物:司马光、文彦博、范纯仁、苏轼、苏辙、曾布、章惇、程颐、秦观、黄庭坚、李格非……他们尽数被蔡京划为元祐

第七卷 大地裂痕

党人。

蔡京察觉到皇帝在审阅名单时面色的细微变化,这也是他意料之中的。拟这份名单的初衷本就是铲除异己,但凡和他有过节或可能对他构成威胁的,无论新党旧党,他一律冠以"元祐党人"之名。对于皇帝可能产生的疑问,他也早就做好了解释的准备。果然,皇帝放下名单后肃然问道:"为何将新党之人也列于其上?"

蔡京坦然答道:"回皇上,此图所列之人皆是对变法有过异议者,如章惇、曾布之流,虽无旧党之名,却行旧党之实,故一并列出,请皇上明察。"

皇帝一想倒也不无道理,昔日神宗、哲宗的变法之路之所以困难重重,就是因为不断地有人提出非议,如今将这些反对者的名字刻上石碑,便是明确向天下人昭示自己抱定了实行新法的决心。当下便令人准备笔墨纸砚,亲自将此名单抄写了一份,交给身边的小太监梁师成,嘱咐道:"传令各县府衙,召集全国各地最好的刻石工匠到汴梁,将此名单上的文字刻于石碑。"

小太监道了声遵命,小心翼翼地接过这张巨大的宣纸,折叠起来,恭敬地捧着退了下去。

蔡京罗列出的元祐党人虽多,但集合全国各地数十名能工巧匠之力,不到十日便完成了刻石的工作。全碑高四尺六寸,宽二尺半左右,所有的文字都是赵佶御笔亲书的"瘦金体",这既是沉重的耻辱柱,又可算得上是艺术珍品。以元祐党人碑为纲,蔡京又怂恿皇帝对碑上之人进行各种讨伐,令其不得与皇室宗亲结亲,不得在京城居住,诸如章惇、曾布等人更是被贬到了天涯海角。

三、河湟大捷

就此,皇上与宰相联袂,斩断了所谓"元祐党人"的一切后路,终止了持续二十余年的新旧党争。

持着皇帝的令箭,蔡京党同伐异,元祐党人碑即是用来"伐异"的绝佳利器,"伐异"的同时他还不忘"党同",首要对象自然就是对他有提携之恩的大太监童贯。崇宁二年(1103),适逢河湟吐蕃内乱,首领陇拶逃亡河南,包括蔡京在内的大臣们认为诸羌连结,必生边患,主张起兵讨伐。

2. 出兵西征

赵佶任命曾有过出师河湟经历的王厚为知河州兼洮西沿边安抚司公事,引兵西征。王厚上次攻伐河湟时,由王赡出任主帅,领军收复了熙州,甚至将吐蕃首领陇拶掳回京城。王赡凯旋之时,哲宗已然驾崩,赵佶刚刚继位,向太后垂帘听政。

本来,取得这场酣畅淋漓的胜利,王赡理应获得重赏,岂料当时曾布等人向向太后进言,说什么"青唐诸部怨赡入髓,日图报复"。意思是王赡此役将吐蕃人打得落花流水,导致他们对大宋恨入骨髓,时刻都想着报复,因此王赡非但无功,反而给国家埋下了隐患,该当重罚。向太后耳根软,竟然真的听信了曾布等人的逸言,将王赡流放至房州,并封俘虏来的吐蕃首领陇拶为河西军节度使,赐名"赵怀德"。当时的赵佶羽翼未丰,面对向太后的错误决断也未提出反对意见,致使王赡在发配途中刎颈自杀。

有了前车之鉴,所以此番王厚在受命之前也有几分顾虑。为了打消他的顾虑,皇帝特地以"弃河湟罪"将当初给向太后进言的

第七卷　大地裂痕

大臣统统罢免，以示诚意。王厚被皇帝的诚意所打动，答应出征，却又当着文武百官的面提了个要求："请皇上让臣兼管熙河兰会路经略司。"

"好，朕封你为熙河兰会路经略司，请将军放心带兵出征。"让王厚兼任经略司，便意味着将河湟战事的一切决定权都交付给他，皇帝犹豫了片刻，还是应允了。

是日退朝之后，蔡京便来求见，提醒皇帝，下放给王厚的权力似乎大了些。宋朝向来有重文抑武的传统，正是为防武将兵权太大，造成隐患。皇帝深知这一点，道出了自己的苦衷："适才朕也是迫不得已，为了让王厚毫无顾忌地领兵，只得暂且答应下来，再寻对策。爱卿可有两全之策？"

蔡京思虑片刻，说道："皇上不妨派一名亲信担任监军，如此即可制约王厚。"

皇帝听了蔡京的建议，甚为认可："好，此计可行。但谁可担此大任呢？"

蔡京的心中自然早已有了人选，他提议增设监军本就是为了送童贯一个顺水人情，便道："臣以为，可使童贯为监军。"

"童贯？"皇帝没想到蔡京会推荐此人，不解道："太监参与军事似乎……"

"禀皇上，太监担任监军，从唐玄宗时便有先例。这童公公的师父李宪就是个太监，曾在熙宁、元丰年间立下战功。依臣看，童公公之才比起当年的李宪有过之而无不及，况且他对皇上忠心耿耿，应该是可靠人选。"蔡京道。

三、河湟大捷

皇帝一想,认为假如真的派一名武将监军,未必能达到监督的目的,反而还有可能增添危机,于是采纳了蔡京的意见,下旨封童贯为监军。河湟战役就此打响,由新任命的安抚司王厚引军先行出发,随后监军童贯负责率兵至熙州与之会合。

童贯出征之前,皇帝在崇政殿设下宴席为他壮行,仿佛这次战役的主帅是童贯而非王厚。童贯登上大殿,见满桌的金盘、银盏、玉碗,竟和当初蔡京在杭州招待自己时如出一辙。皇帝继位之初本来很是俭朴,这几月在新宰相蔡京"丰亨豫大,惟王不会"等说辞的影响之下,终于过上了与其尊贵身份相符的奢华生活。

皇帝举起他的金盏,激昂道:"童监军此次初战沙场,祝他旗开得胜。"

大臣们应和道:"祝童监军旗开得胜。"童贯起身谢过皇上,然后豪饮三杯。

席间,童贯的身上始终透着一股豪迈之气,以至于所有人都暂时忘却了他的太监身份。他恨不能立刻策马奔赴沙场,因为这个身份已经让他憋屈了近三十年。

3. 兵败巴金城

几日之后,童贯率领大军即将迈出国境。

红日已经落到了西边,在隐没之前散发着火红的光芒。童贯坐在马上,接受着风沙的洗礼,急于让自己的脸变得粗糙。就在他准备下令全军越过国境之时,后方忽然传来"圣旨到"的号令。童贯循声向后方望去,只见一名小太监骑马奔来,一手拉着马缰绳,

第七卷 大地裂痕

一手举着一个金色的卷轴。童贯连忙下马,迎接来者,将那太监请到一旁,低声问道:"皇上有何旨意?"那小太监回答道:"小的不知,请童公公领旨。"说罢将金色卷轴递给童贯,便作揖告退。

童贯猜测皇上是有什么新的作战策略,因而降下密旨。他疑惑地打开卷轴,阅读之后,脸色微微一变,手下人见状连忙问道:"童监军,这圣旨上说的什么?"

童贯将圣旨卷起,告诉身边的将士们:"皇上预祝我们马到功成,直取河湟!"说罢将圣旨往自己的靴子里一塞,翻身上马。将士们得知皇上专程降旨慰军,都十分鼓舞,纷纷上马,蓄势待发。

童贯下令跨越国境,全军将士便斗志昂扬地向西继续进发。童贯一边行进,一边心中也有些惴惴不安。事实上,这圣旨的内容是命大军迅速撤回,原因是昨夜京城起火,皇上恐怕这是兵败之兆,遂下令撤军。童贯心里清楚,若就此撤军,必将影响士气,更何况是因为那么一个可笑的原因,令他心有不甘,所以便擅作主张,抗旨不遵,以及假传圣旨。

若是这一仗打赢了,自己的罪责也许不会被追究,但倘若败了,皇帝必定会摘去他的项上人头,想到这里,他不免觉得后颈上有些凉飕飕的,但事已至此,也只有拼死一战了。

抵达熙州后,童贯与王厚大军会合,共同商讨进攻湟州的策略。王厚是一员武将,自然不把童贯这么个太监放在眼里。在他看来,派一个太监带兵打仗简直就是个笑话。童贯看出了王厚的鄙夷,但也不露声色,毕竟自己是奉天子之命来担任监军的,有着绝对的权力,无须忌惮王厚。

三、河湟大捷

王厚站在一张悬挂着的地图前作出部署:"我们兵分南北两路,南路出京玉关,北路出安乡关……"

"兵分两路?"童贯打断道,"为何不集中兵力,一鼓作气,直取湟州?"童贯刻意提出异议,试图树立威信,避免自己这个监军形同虚设。王厚看出童贯的敌意,回应道:"童监军莫非没读过兵书么?羌人持巴金、把拶之险,加之大河阻拦,必分兵死守,我军若受阻,西夏便会出兵援助羌人,届时我军将腹背受敌。"

听完王厚的解释,童贯只得闭口不言,毕竟自己对于战略之事不甚明了,也不再自取其辱。王厚瞥了一眼童贯,继续说道:"我军兵分两路,南路由高永年为统制官,姚师闵、王端为副将,率兵马二万出京玉关。北路则由我亲率大军出安乡关,渡黄河直取巴金岭。至于童监军,还请留守熙州,作为后援。"高永年、姚师闵等人纷纷领命。这时候,童贯变了脸色,说道:"将军莫非把咱家这个监军当作摆设不成?"

"绝无此意,童监军莫要多心。"王厚未料到童贯会有如此直白的抗议,便只好象征性地解释两句,"守熙州之事也是关系重大,望监军不要推辞。"

"监军岂有不参战之理?若是皇上知道此事,必然以为咱家贪生怕死,不敢出战。"童贯正色道,"请将军安排他人留守,咱家身为监军,当率领先锋主攻巴金岭,以振士气。即便战死沙场,也可无憾。"

听完童贯的慷慨之辞,王厚也对他起了几分敬意,没想到一个太监会有如此豪情,便答应道:"好!就请童监军为先锋,攻打巴金

第七卷　大地裂痕

岭,我将率大军从后方接应。"

由此,童贯便以监军身份请得了此次战役的第一仗,这也是他人生的首战。

要赢得这一战显然不是那么容易的,单是巴金城的地理环境便令人头疼不已。巴金城占据天险,易守难攻,到处都是峡谷,只有一条狭长通道可以进入,行军时若稍不留神,便可能失足坠落,粉身碎骨。童贯率军一边艰难地行进着,一边隐隐担忧,毕竟此战既关系到河湟战事的全局,也关系到他本人的身家性命,如若败北,自己即便得以全身而退,也难逃之前违抗圣旨的死罪。怀揣着各种不安的心情,巴金城那庞大的城墙逐渐在他眼前清晰起来。当童贯大军来到城下,竟发现吐蕃人城门大开,守城的军士也慵懒地倚靠在那里,似乎完全没有意识到宋军的到来。

童贯最初看到这大开的城门,心中大喜,但随后转念一想,这其中恐怕有诈,便下令停止行军,进一步观察敌情。童贯身边的两名偏将辛叔詹、安永国都已迫不及待了,安永国率先向童贯请战:"监军,我看此刻是偷袭的最佳时机,再拖延下去可就要贻误战机啊!"辛叔詹也在一旁应和道:"是啊,童监军,不如让安将军和我打头阵,不出一炷香的工夫便可拿下巴金城!"童贯坐在马上,捋了捋并不浓密的胡须,思忖片刻,道:"那就有劳二位一探虚实。"

辛叔詹和安永国欣然领命,当即策马向巴金城大敞着的城门飞奔而去,心中窃喜,想着这次终于可以立大功了,但他们显然是高兴得太早了。羌人远远望见百余来人正奔袭而来,连忙组织防御。辛叔詹和安永国满以为此番可长驱直入,攻下城池如探囊取

三、河湟大捷

物,没料到羌人狗急跳墙,拼死抵抗。前面的宋军寡不敌众,非死即伤,后面童贯大军还没有赶来支援,这安永国就被活生生地挤落壕沟,命丧九泉,辛叔詹则带着所剩无几的残兵败将狼狈地撤了回来。童贯没想到前方的败讯来得如此之快,感到措手不及,只得下令全军撤退,并给王厚发战报,请求支援。

童贯的初战就这样草草地结束了,这一仗败得十分憋屈,可以说是颜面尽失。当他再度见到王厚的时候,连头都抬不起来,只好谦卑地坐在一旁听王厚的差遣,期待他能重整军威,挽回颓势。王厚见了童贯,也没说什么奚落的话,而是用"胜败乃兵家常事"之类的话予以安慰,这让童贯心存感激。当王厚下令次日反攻的时候,童贯也不再发表什么异议。

4. 河湟大捷

第二日,宋军再次兵临城下,这一回是由主帅王厚亲自率领。

吐蕃人显然已经有所准备,背城列阵,在城墙上挥旗擂鼓,有了昨日那小小的胜利,他们在气势上已经占了上风。此时的童贯有些怯战,巴金城毕竟易守难攻,如若再败,恐怕宋军就得打道回府了。童贯看了看主帅王厚,但见他一副稳操胜券的样子,毕竟是久经沙场,浑身透着一股大将之风。

吐蕃大首领多罗巴的三个儿子阿令结、厮铎麻令、阿蒙都出现在城楼之上,这三人体形魁梧,犹如猛兽,令人生畏。厮铎麻令上身赤裸,举着两个大棒槌在那擂鼓,阿令结和阿蒙则并肩站在前方。王厚策马缓步前行,来到城下,开始向城楼上的人劝降道:"城

第七卷　大地裂痕

中之人,速速投降,或可保住性命,执意顽抗者,杀无赦。"说罢拔出自己的宝剑,一道白光腾跃而起。阿令结等人当然不会束手就擒,他们早已做好战死的准备。阿令结用生硬的汉语向城下的宋军放话道:"强攻巴金城,唯有死路一条!"

只听得阿蒙一声令下,巴金城的城门打开了,千余骑兵从城中冲出,声势浩大。王厚退回阵中,他在偏将邹胜的耳边交代了几句,让他率千人绕到敌军背后,邹胜得令后便带着人马出发了。

王厚对于巴金城的地势了如指掌,断定若带大军强行攻城必然有去无回,便打定主意用弓箭迎战。王厚大手一挥,宋军便拉弓射箭,一时间,巴金城的上空像是下起了瓢泼箭雨。城楼上的三兄弟躲避不及,厮铎麻令被射落城下,阿蒙的眼睛被流矢刺穿,血流如注。阿令结逃过一劫,带着小队人马遁逃。吐蕃士兵无法前进,便只得从南门退回到城中,不料邹胜的兵马已从北门包抄,将阿令结斩落马下,至此,宋军迅速地攻占了巴金城。

这是童贯此生第一次见到如此浩大的战争场面。这一仗胜得尤为迅速,以至于他好像还没看够那漫天飞舞的箭雨,一切就已经结束了。

立下汗马功劳的邹胜来向王厚报告:"阿令结与厮铎麻令已死,但眼睛受伤的阿蒙从北城门逃窜而出,末将这就派快马前去追杀。"王厚摆了摆手道:"不用追击了,他们成不了什么气候了。这一战过后,我们胜局已定。"

正如王厚所料,吐蕃人自此便节节败退,宋军势如破竹,先后攻破罗瓦抹逋、湟州等地,河湟以南都已被大宋控制。单是湟州一

三、河湟大捷

战,便斩首八百六十四人,俘虏四十一人,招降一百八十三人。打下湟州之后,王厚决定暂时息战,养精蓄锐一阵,童贯便先行回到汴梁,汇报战况。

童贯此番回京心情大好,河湟战事出奇顺利,赵佶非但没有追究他抗旨不遵的罪责,还大大地奖赏了他。尽管他这个监军没立下什么实际的功劳,但毕竟也是上过战场的人了,可以说,河湟之战为童贯积累了不少资本,为他日后掌握兵权二十余载奠定了根基。

河湟战事一直持续到次年,即崇宁三年(1104)。河湟地区的吐蕃人终于被王厚彻底击溃,大宋的版图也随之扩张。赵佶站在全新的地图前,十分满意地捋了捋胡须,蔡京和童贯则站在皇帝两侧,分享着天子的喜悦。皇帝再次对童贯予以嘉奖:"此次河湟大捷,童爱卿你功不可没,朕封你为武康军节度使。"

童贯跪地伏拜道:"多谢皇上隆恩。"

见童贯又获封赏,站在一旁的蔡京略有些不悦,觉得自己是皇上身边第一大红人的地位似乎岌岌可危。为博取皇帝欢心,他插话道:"河湟一战童公公确实骁勇,但归根到底还是仰仗于圣上的贤明。"童贯也连忙应和道:"宰相所言甚是,有皇上这样的明君,别说是收复区区河湟,就算是收回幽云十六州,也绝非难事。"

听童贯提到幽云十六州,赵佶面露异色,眼中闪过一次光亮,又马上黯淡下来。蔡京也没料到童贯敢夸下这样的海口,毕竟包括赵佶在内的所有人都明白,收复幽云,难于上青天。幽云十六州是大宋建国之初就遗留下来的一块心病,而且已经持续了百余年

第七卷　大地裂痕

之久。当年,石敬瑭被后唐围困,不惜以幽云十六州为代价,向契丹人求援,致使中原失去了这道天然的屏障,时刻处于契丹的威胁之中。大宋开国后,赵匡胤一心想要收复幽云,制定重金赎买计划,可惜尚未来得及实施,便猝然离世。随后继位的赵光义又试图以武力收复失地,却在高梁河一役中中了辽人的箭,多年后疮发去世。此后的长期战争中,大宋都未能夺回此地,直到景德元年(1004),与辽人订立"澶渊之盟",似乎是彻底放弃了对幽云十六州的争夺。但事实上,大宋历代的君王都明白,幽云十六州一日不收复,来自北方的危机便一日无法解除。

现在,赵佶的野心被童贯之言所激发,心中不免闪过这样虚妄的念头:"连太祖和太宗都无法完成的大业,朕若是能够达成,那便是不世之功,名垂千秋!"但他即刻又恢复了清醒,放下了这念头,毕竟这澶渊之盟带来的百年太平来之不易。他看着地图上的幽云十六州,不免有些失落。

但很快,善解人意的宰相蔡京便将皇帝从这种情绪中拉了出来。蔡京提议道:"皇上,如今四方安定,国库充盈,何不铸造九鼎,光耀九州,润泽天下?"此话让皇帝眼前一亮。这一年里,他可谓顺风顺水,先是继承父志,扳倒了元祐党人,又平定了河湟。如今,他亟须做一件事将这种成就感推向高潮,蔡京的提议恰好迎合了他的心意。

年末,铸九鼎的浩大工程展开,到了次年,九鼎便铸造完成。宰相蔡京一手操办了这个为皇帝歌功颂德的仪式,检查了每一环

三、河湟大捷

节,亲自确认没有任何差池才放心,但是百密一疏,最后还是出了岔子。正当皇帝站在鼎前祭酒之时,一尊位于北方的宝鼎却突然裂开了一道口子,这道口子自上而下,越裂越大,像一道闪电一般从顶部蔓延到底部。在场的大臣们见状,面面相觑,为那个可怜的铸鼎之人捏一把汗。皇帝则瞬间陷入忧虑,面对如此不祥之兆,不知如何是好,双手悬在半空,望向蔡京,看他作何反应。

关键时刻,蔡京处变不惊,毫不慌乱地转向文武百官,说道:"北方鼎裂,辽国必乱。"此言一出,皇帝和百官面上的忧虑一扫而空,这场仪式总算是顺利地进行下去。

蔡京说出此话只是为了挽回局面,然而说者无心听者有意,事后赵佶回到寝宫便开始琢磨起这句话。这鼎裂的"吉兆"就如同当年在端王府上出现的仙鹤与灵芝一般,诱发了他内心本就存在的念想。

四、马 植

1. 太监的侮辱

自从河湟大捷,童贯便迫切地盼望着新的战争,他做梦都想回到那血肉横飞的沙场,建立真正的不世战功。收复河湟之后,西夏失去屏障,早已成了大宋的囊中之物,童贯也不止一次地上奏请求领兵攻取西夏,却都被皇帝驳回,这令他郁闷不已。其实,皇帝又何尝不想拿下西夏,扩大版图,但他念及辽国皇帝耶律延禧是西夏国君李乾顺的妹夫,若是贸然向西夏开战,辽国必然出兵相援,到时候,不但西夏灭不了,连和辽国的关系也可能因此恶化,得不偿失,所以只能眼巴巴地看着西夏这块肥肉晾在那里。童贯做着建立战功的梦,赵佶则做着收复幽云的梦,对他们而言,美梦成真的最大障碍便是北方的辽国,契丹人让赵佶和童贯都头疼不已。

赵佶的心里一直忘不了当初宝鼎开裂时蔡京说的话:"北方鼎裂,辽国必乱。"尽管蔡京这话也许只是为了打个圆场,但他念念不忘,觉得这鼎裂之事没准是上天在暗示自己起兵伐辽,夺回幽云十

四、马　植

六州。童贯的想法则要更加简单直接一些,既然不敢伐西夏是因为忌惮辽国,那就索性直接伐辽得了。这君臣二人各自在心里藏着伐辽的念头,但都没敢说出口,因为辽国就像一只猛虎,要在虎口里拔牙,实在是太危险,太不切实际。蔡京倒是极少有讨伐辽国的妄想,他不是君王,也并非武将,对战争和版图没有太大的执念。况且他年事已高,又身居一人之下、万人之上的高位,能够掌握权力、尽情享乐就心满意足了。他照样卖力地替皇帝张罗着花石纲的事,流连在权力和风雅的生活之中。但是这种惬意的生活到大观三年(1109)便终结了,在张商英、何执中等人的排挤之下,蔡京遭到罢相,再次回到了那美如天堂的杭州。

在没有战争的日子里,童贯可以说是寂寞得度日如年,好不容易积攒起来的英雄气概正在一点点地消磨殆尽,觉得自己又变回了一个彻头彻尾的阉人,盼不到翻盘的机会。对他而言,唯一可以证明自己的便是一场酣畅淋漓的胜仗,而这种无尽的等待和盼望令他心生绝望。他期待皇帝一声令下,自己便可举兵伐辽,即便这毫无胜算,但痛快地战死沙场总好过这样虚耗时日。几年一晃而过,童贯还是没有等到伐辽的号令,但他却得到了出使辽国的机会。宋辽两国订立澶渊之盟以来,几乎每年都会有好几次使者的相互往来,本来无甚特别,但是此番赵佶却让童贯担任使者,这让不少大臣都有了意见:"让太监去当使者,这岂不是让辽人笑话?难道我大宋就没人了吗?"群臣的反对让皇帝有些意外。赵佶本以为童贯的声望已经够高,没想到反对的人那么多,便只好从长计议。皇帝派童贯出使辽国自然有他的道理,其中包藏着一个隐秘意图:"让童贯去探一探辽国的国力。"说到底,皇帝还是心怀着伐辽的念想,他知道辽国强大,但是相比百年之前,气焰已经削弱了不少,尤其是耶律延禧继位以来,国力更是大不如前。所以他派童贯出使,是一种试探,当然他并未明说。

赵佶思来想去,还是希望童贯出使,但也不好一意孤行,权衡之下,便将童贯由正使降为副使,改由端明殿学士郑允中担任正使一职。大臣们见皇上有所退让,便也不再加以反对。对于派遣童贯使辽,皇帝也有着充分的理由:"当初童贯打败羌人收复河湟,威名远播,辽国皇帝早就想见一见他。朕也就顺势派他去探一探辽国皇帝的最新动向,也可借此巩固一下两国所订立的澶渊之盟。"

政和元年(1111)九月,郑允中和童贯带着一小队人马押送着一大批奇珍异宝,一路北上,进入辽国境内。这些宝物中有珍贵的浙江漆具、火阁、书柜、床椅以及金银玉帛。坐在大殿之上接见大宋使节的耶律延禧看到这些宝贝,喜不自胜,毫不客气地命人收了起来。这些年,他已经习惯了大宋使节敬献厚礼,觉得中原宝贝那么多,送点过来也是应该的。耶律延禧礼尚往来,出手也十分阔绰,也将一些具有北国特色的器皿赠予郑允中。

交换了见面礼后,耶律延禧用汉语和郑允中寒暄了几句,便把注意力集中到郑允中身边的童贯身上。他看此人身形魁梧,似是一员武将,便问道:"这位大人如何称呼?"

童贯作揖道:"回辽王,我乃是大宋天子此次委派的副使童贯。"

一听得"童贯"的名字,耶律延禧显得有些惊异,盯着童贯打量

四、马　植

了一番道:"原来你就是童贯,你的名气大得很。"这确是句实话,尽管河湟战役的主将是王厚,但却让童贯一战成名,这其中最重要的原因在于童贯是一名太监。在辽人看来,宋军大败羌人并不意外,但打胜仗的居然是个太监,这事就很是稀奇了。

童贯感觉到耶律延禧和他的大臣们都在用一种奇特的目光打量着自己,就好像是见到了什么珍禽异兽一般,这让他感到很不舒服。他知道他们心里一定在想:大宋怎么派一个太监来作大使?而事实上,辽国君臣对童贯更多的是一种好奇,他们心存疑问:"一个太监为什么还会长胡须?"

这个问题若是直接问,似乎有些无礼,所以所有人都憋着,直到晚宴的时候,酒过三巡,辽国的大臣萧嗣先率先问出了口:"童公公是宦官,为何还蓄有胡须?"

萧嗣先的提问让童贯直接变了脸色,在他看来,这简直是一种充满恶意的羞辱。童贯也是个暴脾气,当即要起身抗议,但此时坐在一旁的郑允中扯了扯他的袖子,他只好强压住怒火又坐了下来。

这时候,微醺的耶律延禧发话了,先是对着萧嗣先一顿呵斥:"混账,这种问题也是你能问的吗?"随后又转向童贯道,"童公公莫要生气,不必回答,此事悄悄告诉朕一人便可。哈哈哈!"耶律延禧此言一出,众位辽国大臣跟着笑得前俯后仰。童贯没料到耶律延禧堂堂一国之君竟然也对大宋使节出言不逊,气得脸色涨红,青筋暴起,不过他终究还是忍住了,没有当场发作。

翌日,耶律延禧酒醒,回想起昨夜拿大宋使节取乐似乎有些不妥,便派人给童贯又送了些礼并传话说:"昨夜酒后失言,多有失礼,还请童公公不要放在心上。辽宋两国是世交,相信童公公定能担待。"童贯收了这份厚礼,但这丝毫不能冲淡他内心的怨恨,蒙受了这样的奇耻大辱之后,他攻伐辽国之心愈发迫切了。他暗下决心,要把这些无礼的契丹人赶尽杀绝,以泄心头之恨。

在辽国的这几日,童贯受的是上宾的待遇,也得了不少馈赠,但他的心里就是痛快不起来,总觉得每个辽人暗中都对自己存有鄙夷之心。童贯在这种猜忌和不快中度日如年。

终于到了宋使归国的日子,耶律延禧派萧嗣先将郑允中一行送出城门,萧嗣先与郑允中话别后,便要向童贯行礼,没想到童贯不理会,转身便上了马车,那萧嗣先只好尴尬地愣在原地。宋使的车队起程回国,童贯回头望了望那逐渐遥远的燕京城门,心想,下一次到这儿来,没准就要兵戎相见。

2. 北方必乱

离开燕京后,一行人夜宿于卢沟桥的驿馆中,童贯独自在房里绘下燕京城的地形图,随从敲门进来禀告:"公公,外面有个叫马植的燕人求见……"

童贯觉得有些困惑,这大半夜的,辽国皇帝还派人过来?但见随从似乎言而未尽,便追问了一句。随从继续说道:"那人说……说有收复幽云之策,要与公公面谈。"

这话着实令童贯吃了一惊,在这辽国土地上,居然有辽人胆敢说出这话来,要是被辽国皇帝听到,非凌迟处死、诛灭九族不可。此人既然如此直白地在宋使面前提收复幽云,莫非料定了大宋有

四、马　植

伐辽的心思?

童贯当即放下手中的笔,将案上的地图收起,迟疑再三,终于决定要会一会这个马植。"让他进来,此事不可向他人泄露半句。"

随从应了一声便出门去,不久,带进来一个三十多岁、商人模样的人,这人就是马植,但此等文弱的形象与童贯心目中的燕人实在大相径庭。马植行礼后,童贯便请他坐下,让随从先行退出。童贯的礼遇令马植尤为感动,尽管初次相见,但是童贯隐隐感觉到眼前此人看似文弱,实则有着过人的胆魄,才敢冒天下之大不韪,在辽国密会宋使。

马植缓缓开口,声音极为沉稳,毫无半点怯意,说道:"多谢童大人接见,小的深夜来访着实失礼,不过确有诸多苦衷,望大人见谅。"

童贯微微点头,答道:"你能有这等勇气,绝非泛泛之辈,咱家敬你是条好汉,因而请你进来,还请长话短说。"童贯左手一摊,示意马植继续说下去。

马植自称是辽国汉人大族,曾在朝中为官,官至光禄卿。他很快向童贯表明了来意:"辽国皇帝荒淫无道。多年以来,小的一直心系大宋,希望大宋收复幽云,救我等先民于水火。"

马植的一通说辞将童贯捧到了救世主的地位,令他心动不已。原本童贯生出伐辽念头也只是为了攻城拔寨,没想到还有拯救大宋先民这一层,如此看来,此事真是功德无量。马植的言论正合了童贯的心意,但他仍不动声色,说道:"宋辽两国百年交好,我天朝大国岂可背盟?"

第七卷　大地裂痕

马植心知童贯言不由衷，若是他真的没有伐辽之意，方才便不可能接见自己，便进一步劝道："天下本就没有永恒的盟誓。况且辽国占据幽云，这对于大宋而言始终是个隐忧，若不先下手为强，恐怕也难以长治久安。"不知怎么的，马植的这番话令童贯想起了那年鼎裂之时蔡京所说的话："北方鼎裂，辽国必乱。"

那时候蔡京的话无疑只是为了圆场，以免在鼎裂之际造成人心的慌乱，但没想到竟然一语成谶，北方的战乱还真的就不期而至。马植继续向童贯阐述自己的见解："依在下之见，大宋应结盟的，不是辽国，而是……"马植说到一半抬眼看了看童贯，然后慎重地突出五个字，"北方女真人。"

马植的建议在童贯听来简直就是个笑话，在宋人的眼中，女真人是野蛮人，只是一些部落的联盟，根本不能算作国家，便斥道："让我堂堂大宋与野人结盟，真是荒谬之极！"

"大人，切不可小看女真人。他们比辽人更为勇猛，早已对辽国虎视眈眈，如今辽帝对他们也有几分忌惮。"

马植从怀里掏出地图，继续向童贯讲解道："今日的辽国南接大宋，北临女真。他日辽国若受到北方女真的冲击，走投无路，必会南侵。假如大宋与女真结盟，便可反客为主，制约辽人，甚至可以借此收回幽云十六州，稳固江山。"

童贯看着马植在地图上所指的方位，正是燕京的长城——一道在百余年前就失去的屏障。自始至终，马植没有提"灭辽"二字，而只是提议与女真结盟，收复幽云地区，童贯却不禁在脑海中勾勒出一个更为野心勃勃的灭辽计划。他觉得马植所言分外悦耳，自

四、马 植

己之前还担忧大宋伐辽实力不济,如今有了联盟女真之策,问题便可迎刃而解。童贯行事谨慎,他在心里采纳了马植的计策,但在嘴上却故意加以搪塞,仍然说着"宋辽交好,不可背盟"之类的言辞,同时又称"须回禀皇上,从长计议"。马植知童贯已认可自己的提议,便起身告辞。

马植离开之时,天色已经微亮。十五年后,当童贯回想起那个夜晚,便会不胜唏嘘,他怎么也没想到,这个收复失地的机会竟然会和"亡国"二字联系在一起。不过他在当时也已意识到此事重大,并未像承诺马植的那样回去禀报皇帝,而是将这个念头埋在心中,决定再做打算。而马植,也继续在辽国当着光禄卿,过着身在曹营心在汉的日子。他伸长脖子等待来自南方的消息,期待着在这个历史的关键点上充当一个重要人物并名垂青史、流芳百世。对于自古以来的士大夫而言,这无疑是一个终极目标,许多人情愿肝脑涂地,也要争得身后名。马植也不例外,他绝非一个短视的、苟且的小人,而是一个富有韬略的人物。

可惜后来的事实证明,马植的愿望只实现了一半。

3. 刺客

当郑允中、童贯一行在回京的路途上跋涉之际,赵佶正在案边挥毫,锤炼他的"瘦金体"。这一年多来,少了蔡京的辅佐,他不免感到有些寂寞,尽管大臣中的风雅之士不少,但没有一个能达到蔡京那种登峰造极的地步。罢了蔡京的相位并非他的本意,现如今风头已经过去,他又开始想着要把蔡京从杭州召回来,于是不顾张

第七卷 大地裂痕

商英等人反对,开始亲笔拟定诏书。

蔡京这段日子在杭州可以说是度日如年,年逾花甲而遭罢黜,这滋味实在不好受,再加上这些年来树敌太多,离开了皇城的庇护,连最基本的安全也成了问题。就在前几天的一个夜里,他的老命差点就被刺客取走了。

那夜正值月半,圆月当空,映在西湖平静的水面上,蔡京的府邸位于西湖边,他的书斋正是个可以遍览美景的好地方。蔡京站在楼阁上吹着湖风,在他看来,那绝美的冷月成了一种凄凉的象征。他只顾着嗟叹,却没有发现湖边闪过的黑影。那黑衣人身长七尺有余,身手敏捷,没几下便跃过了左侧的高墙,进到蔡府的院内。

一个下人正提着灯在院内巡视着,忽然后颈上遭到重击,便晕了过去。黑衣人便将那下人拖到一处不显眼的草丛里,继续趁着夜色攀上一棵大树,而后纵身一跃便停在了瓦上,此人轻功极高,这一跃并没有造成大的响动。

黑衣人在瓦上快速行走着,来到了正中间的地方停了下来,他伏下身子,缓缓地爬到屋顶的边缘,向下方的亭台望去,恰好能看见蔡京的头顶。黑衣人从怀中掏出一枚飞刀,准备致命一击。这次暗杀本应十分圆满,只可惜十五明亮的月光出卖了他。蔡京看见湖面上的圆月边上突然出现了一个人影,这一惊非同小可,脸上的阴郁一扫而空,变成了一种极端的恐惧。他立即转身冲回了屋内,就在他回身的一刹那,从天而降的飞刀插在了他原本站立的位置。

四、马 植

黑衣人见蔡京逃进屋,便翻身而下,追了进去。只见蔡京早已连滚带爬地逃出了屋子,一边用尖锐的声音吼着:"有刺客!有刺客!"侍从们闻声赶来,把蔡京保护起来,一大群兵士包围了这华美的楼阁。

黑衣人从二楼的窗户跳出,一边抽出背后的一把弯刀,和侍从们打斗起来,一连斩杀了十余个侍从。蔡京身边那三个武功最高的侍从一拥而上,与黑衣人缠斗了几十个回合。黑衣人终于寡不敌众,渐渐败下阵来,身中数剑,倒在地上。蔡京连忙喊道:"抓活的!"侍从们便拿刀架着那人的脖子,用粗麻绳子将其捆绑,带入柴房之中。蔡京惊魂未定,直到确定那刺客被绑严实了,才敢步入柴房。

柴房里黑漆漆的,下人们纷纷提油灯进来,这才有了些光亮。只见那黑衣人已经被扒去了上衣,双手捆着吊在梁上。他看起来出人意料的年轻,大约只有十五六岁,脸上甚至还有几分稚气,浓眉大眼,英气逼人。蔡京恢复了往日的气焰,走到那人的边上,反手便抽了他一大嘴巴,用阴森森的语调盘问道:"说,你为什么要来行刺老夫?是受何人指使?"

年轻人冷笑一声,道:"奸相蔡贼,人人得而诛之,还用得着他人指使么?"

蔡京听罢一愣,倒也不能反驳。在他为相的这些年里,从残害元祐党人到花石纲,的确是把举国上下各阶层的人都给得罪遍了。本来仗着皇上的宠爱,还是可以安枕无忧的,而如今晚年失了宠,要是那些仇家们都找上门来算账,恐怕老命岌岌可危了。

第七卷　大地裂痕

"好小子,老夫倒要看看是你的嘴硬还是命硬!"蔡京扭头对侍从说,"上刑,一个时辰之内把他的东家审问出来。"

交代完毕,他便在随从的保护下离开了柴房,回到他的书斋里闭目养神。他静坐在蒲团上,却难以获得清静,那年轻人声嘶力竭的叫声接连不断地从柴房传来,搞得蔡京的心里瘆得慌。过了大约半个多时辰,年轻人的叫声终于停了,不久,一个侍从前来禀报。

蔡京问道:"怎么样?招了么?"

"没有。"侍从答道,"那人吃不了疼,晕了过去。不过,我们在他的兵刃上发现了点线索。"说罢,呈上一把弯刀,正是那年轻人先前所使的兵器。蔡京接过弯刀,仔细地端详了半天,却没看出什么门道来。只是觉得这刀材质上佳,不由得赞叹道:"这弯刀倒是一件稀世珍宝。"

"大人真是好眼力,此刀是用珍贵玄铁锻造。"侍从说到这里,顿了顿,"但是更重要的是它的来头,这鲲鹏弯刀的主人是当年名满江湖的人称大漠苍鹰的李重山。"蔡京对江湖上的事情毫无兴趣,便打断道:"别跟我讲这刀的江湖来历,只要告诉我,究竟是何人想要刺杀老夫?"

侍从答道:"大人有所不知,李重山当年正是兵部侍郎刘延肇的贴身护卫。"

一听到刘延肇这个熟悉的名字,蔡京终于有点明白过来。七年之前,他曾亲手将这个名字写上元祐党人的名单,并在皇帝的首肯下亲自前去抄他的家,却意外遇上刘府的一名绝顶高手的拼死抵抗,那人想必就是李重山。在拼杀中,蔡京的人阴差阳错地误杀

四、马　植

了刘延肇,为了斩草除根、以绝后患,蔡京便命人一把火烧了刘府,包括刘延肇、李重山在内的几十口人命丧火海,此事对外便以意外失火结案。

蔡京推断,这年轻人应该就是当年那场大火的漏网之鱼,他敢孤身犯险,说明和刘家关系不一般,没准就是刘延肇的后人前来寻仇。他越想越害怕,唯恐这年轻人的身后还有其他幕后黑手,当即让侍从加强戒备。侍从应声后正要退下,又多问了一句:"大人,那名刺客如何处置?"

"把他剁稀碎了,喂狗!"蔡京愤愤地答道。

侍从有些为难地说:"这恐怕不妥吧?是不是把他交给本地官府,依律判决?"

"老夫要处置个人还需要通过官府不成?"蔡京继续道,"不用多言了,去把他剁了,剁得越碎越好!"说罢,他摆了摆手,示意侍从尽快去办。

侍从退下后,蔡京将那弯刀从刀鞘里抽了出来,一道寒光流溢而出。那刀上还沾着隐隐的血迹,令蔡京不由得脊背发凉。这次侥幸保住了命,下一次可就难说了,难道自己真的是作恶太多,难逃上天的惩罚么?想到这里,蔡京的内心甚至莫名生出了吃素斋、放生积德的念头,完全忘记了自己刚刚还下令剁碎人的事实。

当然,蔡京吃斋的念头并没有持续多久,三天之后,当他得到皇帝召自己回朝的诏书,便高兴得把一切关于因果报应的想法都抛到了九霄云外。

接到诏书第二天,蔡京便命人备好了车马,归心似箭,他恨不

第七卷　大地裂痕

能立刻回到皇帝的身边。也就在同时,杭州郊外的一间破旧的茅草屋外,一个十来岁的小姑娘正站在那里,她生得很美,只是右侧的脸颊上有一个不大不小的疤痕,像是被火烧伤后留下的痕迹。

小姑娘站在那茅草屋外,水灵的大眼睛里透着一种悲哀和恍惚的神色。一个樵夫打扮的老者从茅屋里出来,走到她的身边,劝道:"小姐,别再等了,都第四天了,良儿怕是不会回来了,你快进屋吃点东西吧。"老者的疼惜和关切反而使小姑娘更加哀伤,她一把抱住老者,哭出了声,一边喃喃地说:"不,哥哥会回来的,会回来的……"她就这样重复着,像是在自言自语。

这樵夫打扮的老者原是当年刘延肇家的商师爷,刘家被灭门之日,他和李重山的儿子一同护送着刘家的小千金逃离火场。这小姑娘便是当时未满六岁的刘仪,而那个刺杀蔡京未遂的少年,便是李重山之子李良。这三人隐姓埋名多年,商师爷精心谋划,李良勤练武艺,只是为了取蔡京项上人头,为刘家二十几口人报血海深仇。好不容易等到了蔡京遭贬的好机会,没料到武功高强的李良竟然有去无回。商师爷看着刘仪满面的泪痕,不由得开始怀疑,也许报仇的计划从一开始就是个错误。

刘家被灭门那年,刘仪年幼,对于血海深仇尚缺乏认识,只是听着商师爷和李良一再提及报仇。对于李良欲以身犯险刺杀蔡京之事,她始终抱着反对的态度,但拗不过李良报仇的决心。如今,和她青梅竹马的李良惨遭蔡京毒手,反倒激起了她的仇恨之心,她的眼神由哀伤转为愤恨,而商师爷却并未察觉到这一变化。商师爷在想着另一件事,此次刺杀蔡京之事败露,杭州不宜久留,下一

四、马　植

步该何去何从呢?

4. 太监的鸿鹄之志

蔡京的车马浩浩荡荡地走在古道上,经过三天前的那次有惊无险的劫难,他加强了护卫的队伍,想着过几日回到汴梁,就无须再提心吊胆了。

几日后,蔡京归来,皇帝便毫不犹豫地罢了张商英的相位,恰逢童贯也刚刚出使辽国归来,这君臣三人又重新聚到了一起。

皇帝许久未见自己的左膀右臂,显得十分愉悦,问童贯:"童爱卿,此番远赴辽国有何收获?"童贯并未将辽人马植夜访之事如实禀报,而是敷衍地答复了一个人尽皆知的事实:"臣以为,辽国国力已大不如前。"尽管童贯此言只是一句废话,但皇帝仍然和颜悦色,对他来说,关于辽国衰弱的消息总是听不腻的。他又转向蔡京,问道:"爱卿这两年来可有在江南搜罗到什么奇珍异宝?"他只字未提罢相之事,仿佛先前几年只不过是派蔡京去杭州执行公务。

蔡京笑着答道:"臣有一件宝贝,偶然所得,想要献给皇上。"

经过皇帝许可后,蔡京便命人将一个长长的木盒呈了上来。皇帝打开木盒,见到一把精美的弯刀,那便是李良的遗物:鲲鹏弯刀。皇帝眉开眼笑,当着童、蔡二人的面,将弯刀拔出鞘,那刀刃上的血迹早已被清理干净。皇帝把弄着弯刀,兀自叹道:"好刀!好刀!"他只知此刀雕琢精良,锋利无比,却不知这是江湖上人尽皆知的宝刀,问道:"爱卿是从何处获得这样的宝刀?"

蔡京微微一笑,道:"臣在苏州有位老友名叫朱冲,其子朱勔尤

第七卷 大地裂痕

善搜罗各地宝物,此刀便是他赠予我的。"赵佶一听有这样的能人,便立刻嘱咐蔡京,让那姓朱的在苏州设个应奉局。蔡京连声答应,这一下可谓一箭双雕,既博取了皇上的欢心,又给自己的爪牙谋了个好职位。毕竟这年头,搞应奉局、花石纲可是最能捞到好处的差事,童贯当年便是靠这个发家的,那朱冲也是童贯和蔡京共同的"老朋友",蔡京瞥了眼童贯,却见他毫无反应,甚至有些心不在焉。

自从卢沟桥密会马植,童贯已经好些日子没有睡个安稳觉了,某种激烈的思绪在他的心里不断翻涌。此事他在皇帝面前绝口未提,皇帝也没有多加追问。

赵佶持着蔡京赠送的弯刀,爱不释手。他本对于兵器并不感兴趣,但是这把刀却是个例外,它的美已经让人全然忘记了这是一件可以取人性命的兵刃,而只将它视作一件工艺品。过去,他收藏的净是些奇花异石、字画古玩之类的东西,从来没有收藏过兵器,这可算是破天荒的头一遭。

童贯和蔡京从皇帝的书房中退出时,天色已经有点暗。蔡京拉住童贯,说道:"两年未见,您还是如此爽快,本相这次可算是帮了朱冲父子一个大忙了。"不料童贯却未应声,蔡京便接着问道,"童公公似乎有忧虑之事,不如道来听听?"

自从使辽归来,童贯便始终想着当夜马植的话,倘若宋辽之间将有一战,或许大宋的江山将发生天翻地覆的变化,他一直思考着大宋向何处去的重大问题,自然无心考虑花石纲之类的小事情。他见蔡京还是这么一副热衷于敛财弄权的嘴脸,内心一时掠过强烈的鄙夷之情,当即说道:"蔡相爷,为相者还是该多想想国家社稷

四、马 植

之事吧。天色不早了,请恕咱家先告辞了。"便作了一揖,转身离去。

蔡京没想到热脸贴了冷屁股,这童太监竟会装模作样地教训起自己来,便愣在当场,看着他缓缓走远、上轿。蔡京暗自冷笑一声,还在心里啐了一口,许久,他转过身,朝着相反的方向离开了。

只不过,童贯的豪情壮志很快便燃烧殆尽,诛灭辽国收复燕云的春秋大梦做了没多久也就淡忘了,又重新和蔡京等人打得火热。宋人内心深处对辽人的畏惧并没能因为辽国的衰弱而有所减少,他们依然每年如期地向辽人缴纳岁币,维系着澶渊之盟。赵佶也是每日挥毫写字,从全国各地搜集奇花异石,也不再向童贯提及收复燕云之事。童贯就如此这般平静地度过了四年。直到第五年,一封来自北方的书信,又一次搅乱了他的心神。

当日,一个辽人偷偷地越过了宋辽边境,来到大宋的重镇雄州,给雄州知州和诜捎来了一颗小蜡丸,里面藏有一封密信,署名李良嗣。

天庆五年三月四日,辽国光禄卿李良嗣谨对天日斋沐,裁书拜上安抚大学足下:良嗣族本汉人,素居燕京霍阴。自远祖以来,悉登仕路。虽食禄北朝,不绝如线,然未尝少忘尧风,欲投中国而莫遂其志。比者,国君嗣位以来,排斥忠良,引用群小;女真侵凌,官兵奔北;盗贼蜂起,攻陷州县,边报日闻,民罹涂炭,宗社倾危,指日可待。迩又天祚下诏,亲征女真。军民闻之,无不惶骇。揣其军情,无有斗志。良嗣虽愚戆无知,度其事势,辽国必亡。良嗣日夜筹思,偷生无地。因省《易系》有云:"见机而作,不俟终日。"《语》不云乎:"危邦不入,乱邦不居。"良嗣久服先王之教,敢佩斯言。欲举家贪生,南归圣域,得上先人丘墓,以酬素志。伏望察良嗣忱诚不妄,悯恤辙鱼,代奏朝廷,速俾向化。傥蒙密旨,允其愚恳,预叱会期,伏俯前去。不胜万幸!

和诜将此信上呈给皇帝,皇帝阅后即刻命人召蔡京和童贯入宫商议此事。不久,童、蔡二人便先后赶到,他们都神情严肃,因为深夜召见,多半是有要事等待定夺,不容怠慢。皇帝未发一言,只是将这封信递给二人。

读罢此信,蔡京率先发表了看法:"臣以为,事有蹊跷,不可贸然招纳此人,一旦引其入境,便是违反了澶渊之盟不可招降纳叛的盟约。倘若辽人得知,必然引起事端。"蔡京的顾虑,皇帝显然也已想过,但他还是召童、蔡二人前来,想必他的内心更倾向于另一个答案,童贯心里很清楚这一点,当即说道:"臣的看法倒是和蔡相不同,来信者既是辽国光禄卿,必然能带来辽国的内情,况且他对辽国将亡的判断,也不无道理。臣认为值得一试。"

蔡京听了童贯的见解,脸色微微一变,但很快又收敛起心中的不悦。这几年来,童贯和蔡京虽然看起来走得依旧很近,但二人内心早有嫌隙,毕竟一山难容二虎,他们都希望稳坐一人之下、万人之上的地位。

四、马　植

赵佶听完二人不同的见解,依旧沉默不语,若有所思地站起身来,向前缓缓走了几步,童、蔡二人便也躬身跟了上去。他来到悬挂的"天下"二字的墙边端详了许久,然后像是下定了决心,忽然转过身来,身后的童贯和蔡京都还没反应过来,急忙后退了几步。赵佶郑重其事地说道:"我大宋先民受辽人统治欺压已久,当年太祖太宗曾屡次举兵,虽无法收复燕云,但此事乃是大宋列位先皇的共同遗愿,如今辽国气数将近,正是复我故土的绝好时机,即便只有一丝希望,朕也要试一试!"

蔡京从来没有见过皇帝如此慷慨激昂,一时也深受感动,连忙说道:"皇上心系故土黎民,胸怀天下,臣不胜感佩。"童贯见状,也跟着赞扬了几句。就这么两三句话的工夫,招纳李良嗣的事情就这样定了下来。但只有童贯一人知晓,这李良嗣,就是当年在卢沟桥前来夜访的辽国汉人:马植。

李良嗣离开辽国的那个夜晚,是政和五年(1115)的四月,他逃离得十分隐秘,只是带上了自己的老母、小儿子和最喜爱的妾,他的其余亲属,包括他的妻女对此事毫不知情,还在睡梦中酣睡着。李良嗣明白,自己的叛逃十有八九会使他们遭到辽人的杀戮,但是多带一人,便多一分危险,所以还是痛下决心,弃他们而去。

后半夜,月亮被乌云遮挡了一大半。李良嗣一行四人穿过辽国边界的一片树林,来到界河边上,看见那河上浮着一叶小舟,其上坐着一名船夫,头戴草笠,便是大宋派来护送李良嗣转移的小卒。李良嗣跟他对了暗号,便带着家人上了船。船夫熟练地摇起桨来,水面上泛起波纹。

  李良嗣看着这片他生活了几十年的土地离他越来越远,心中竟也涌起了一丝不舍,便这样凝视着,一直到那河岸完全隐没。小船缓缓靠岸,李良嗣来到大宋的边镇雄州,终于踏上了自己朝思暮想的故国。

五、风流皇上

1. 私会李师师

政和七年(1117)的乞巧节,后宫的妃子们因为没有受到皇上的临幸而闷闷不乐,但她们并不知道,这一晚,皇上压根就不在宫里。早在两个时辰之前,他就已经踩着王黼的肩膀,翻出了宫墙。王黼是这几年来赵佶身边的第一大红人,风头俨然盖过了蔡京和童贯,他长得极为俊朗,这也是他受宠的重要原因之一。皇帝并没有断袖之癖,只是对美丽的事物有着天然的好感。加上王黼此人善于逢迎,更是让皇帝十分满意,在他的眼中,王黼除了才情之外,几乎可以和蔡京媲美了。

赵佶翻过宫墙,早已是家常便饭,每次都是王黼和太监梁师成二人贴身跟着。翻墙之时,梁师成先爬到宫墙外护着,而后皇帝便踩着王黼的肩膀强行翻出去,刚开始极为艰难,次数多了,便轻车熟路了。皇帝秘密出宫,起初是漫无目的地瞎晃,但如今,他有了固定的去处:落雁楼,他每次都是去寻访京城第一名

第七卷　大地裂痕

妓李师师。

李师师是个艳名远播的奇女子,但凡有点见识的人都知道"花魁娘子"李师师的名号。尽管赵佶此生所见的美女数不胜数,后宫也有三千美娇娘,然而当他第一次看到李师师的时候,还是为之倾倒,纵使他才情过人,也无法用词句来形容李师师的美。

自打那以后,他出宫便更加频繁了。李师师并非寻常风尘女子,她还是个才女,因此便更受皇帝宠爱。皇帝恨不能将她册封为妃子,带回宫中,但最终还是打消了这个念头。毕竟李师师的名气太大了,若行此举,必然震动全国,所以他只能与李师师在宫外私会。

一开始,李师师并不知道这位风度翩翩、自称姓陈的人就是当今皇上,但后来发生了一件事,无意中暴露了这位陈大官人的真实身份。那晚有位贵客驾临,便是大名鼎鼎的高俅高太尉,无人不知高太尉是皇上身边的红人,李师师自然也不敢怠慢,把最拿手的曲儿都给唱了一遍。唱完曲,高俅便开始在李师师身上抚摸起来,准备共度良宵。谁知这时,楼下突然有人闹了起来,只听老鸨陪笑道:"陈大官人,请您下次再来吧,真是对不住了,师师今儿晚上已经有主儿啦。"但陈大官人身边那个长相俊朗的书生依旧不依不饶,吵个不停,高俅在楼上听得心烦,一怒之下,冲出房门便准备让人把这陈大官人拿下。在场的所有人都为陈大官人捏一把汗,他们都知道得罪高太尉是什么后果。但令所有人意外的是,高太尉一见到那陈大官人之后,顿时像泄了气一般,眼中甚至充满了惧怕。他几乎脱口而出一个"皇"字,幸亏皇帝使了个眼色,他才没有

五、风流皇上

叫出声来,赶紧穿好衣裳,带着自己的人离开了。

自那以后,人们对这位陈大官人的身份已经猜到十之八九了,久而久之,坊间也开始流传皇上逛窑子的故事,但也只是个传言罢了,没有人敢打包票确认此事,因为这实在是太难以置信了。不过,自那以后,还真的再没有人敢与陈大官人争李师师了。

乞巧节这晚,赵佶和王黼、梁师成三人同行在汴梁的闹市里,欣欣向荣的太平盛世景状令他倍感欣慰。乞巧节可算是个盛大的节日,在这一天,儿童都要穿上新衣服,富贵之家通常会大摆宴席,女子对月遥拜,向织女祈求一双巧手,故七夕又名乞巧节。传说牛郎织女每年七夕相会一次,因而这节日变成了有情男女相会的日子。

赵佶见到街旁围着一大群人,对王黼道:"我们过去看看。"三人便走上前去,梁师成在人堆里用力挤着,挤进去后,便明白这是在祭牛郎。在七夕民间喜用泥塑"摩睺罗"来祭祀牛郎,摩睺罗乃是佛教的天龙八部之一。皇帝崇尚道教,对佛教的神无甚兴趣,看了一会儿便走开了,王黼和梁师成紧跟其后。不多久,三人就来到落雁楼下,他举首张望,看到李师师正坐在窗边,背对着窗,后颈肌肤白若冰雪,美艳动人。乞巧之夜,她并未接客,知道陈大官人定会来,早已恭候多时。

老鸨见陈大官人来了,连忙迎了上去,给王黼、梁师成也各安排了姑娘。陈大官人独自上楼,见师师正在调着琵琶。她见陈大官人前来,并未露出惊喜之色,而是悠悠地道了声:"你终于来了。"就好像二人之前有过约定似的。陈大官人甫一坐定,李师师就拨

第七卷　大地裂痕

动琴弦,唱起曲来:

纤云弄巧,飞星传恨,银汉迢迢暗度。金风玉露一相逢,便胜却人间无数。

柔情似水,佳期如梦,忍顾鹊桥归路。两情若是久长时,又岂在朝朝暮暮!

这首秦观的《鹊桥仙》,是在汴梁传唱很广的曲子,尽管秦观被列为"元祐党人",但这并不影响皇帝对他才华的欣赏。李师师刚唱完最后一个音,他便鼓起掌来,道:"秦少游的好词,李师师的天籁,真是美不胜收!好!好!"

两小杯酒下肚,他便将李师师揽入怀中,醉意在整个房间里弥漫开去。

正当皇帝在宫外与李师师缠绵之际,一封急报被送到了宫中,此份奏报来自千里之外的登州守臣王师中,详细描述了一件看似不起眼的小事:近日在登州附近的砣矶岛,发现了两艘辽人的船只,船上的男女老幼共两百余人,此船本是为了前往高丽国躲避战乱的,却意外登陆大宋境内的登州。这是上月底发生的一场意外。

那两艘船从辽国的蓟州出发,向着目的地缓缓航行,途中突然遭遇风暴,使得船头猛然掉了个方向,转向南边,进入宋境。

当皇帝回到宫中,初见这封奏报时,并没有意识到其重要性,读到一半的时候,他甚至奇怪王师中上奏的初衷,仅仅是有几个难

五、风流皇上

民意外入境而已,这么件小事还需要上奏?但当他读到后半部分的时候,才看到真正关键的内容。原来,这些意外闯入的辽人们带给了王师中一个天大的消息:辽国与北方的金国早已交战多年,女真人占据了绝对的优势,先后占据了辽国的苏州、沈州、复州、咸州、同州等地。这个消息让皇帝又惊又喜,尽管宋辽两国交好,但宋人内心还是对辽国怀有很深的畏惧,并视其为头号大敌,无时无刻不想收复幽云十六州。无奈辽人骁勇善战,大宋只得委曲求全,接受澶渊之盟,以求太平无事。现如今辽人被女真人打得落花流水,尽显颓势,怎能不令皇帝大喜过望?他立刻命梁师成把蔡京和童贯召进宫来。

已经上了年纪的童、蔡二人对皇帝突然的深夜召见十分警觉,一路上脑中盘算着各种可能,但当他们看完王师中的奏报后,还是惊讶得说不出话来。蔡京对这件事情的真实性心存怀疑,因为在他的心里,辽人绝不会这样不堪一击:"依臣看,此事真伪尚待进一步核实。"

皇帝点了点头,看童贯的反应仍是不置可否,像是在默默回忆着什么。童贯总觉得这样的事实有些似曾相识,当年他离开辽国的那个夜晚,李良嗣(马植)就曾做过这样的预言,如今,辽国真的在金人的打击下节节败退,莫非真是到了收复幽云十六州的大好时机?童贯当即向皇帝提起"赵良嗣"这个名字。

李良嗣入境后便被赐姓赵,更名为赵良嗣,然而在被授予这样的殊荣之后,便没有了下文,久未得到重用,他似乎成了皇帝手下的一枚闲棋。如今再次听到这个名字,皇帝竟有了一种恍若隔世的感觉,这一刻他决定,把这个搁浅了多年的计划重新提上日程,与童、蔡二人商量之后,便开始拟诏。

登州府中,王师中正在与他的义兄马政一起练剑,马政在青州为官,青州与登州相邻,而马政的家室也在登州,故时常来与这位异姓兄弟切磋武艺。二人年岁相仿,又都是武将出身,交情颇深。马政擅长使枪,在与王师中比剑时明显处于下风,加上王师中这两天似乎格外兴奋,发挥超常,故而连连获胜。几回合后,马政归剑入鞘,故作不悦地说道:"不打了不打了,论剑法,我不是义弟的对手。"

王师中说:"大哥难得来登州,莫要扫兴,大不了做弟弟的再陪你耍耍枪?"

但马政仍然坚持向厅堂走去:"我一把老骨头,打不动啦。"王师中也只得跟着马政进了屋。

马政的儿子马扩正独自在厅内抚琴,见马政和王师中进来,便问道:"爹爹,世叔,今天怎么那么快就比试完了?"

王师中正要开口,马政抢先道:"爹爹技不如人,就不丢人现眼啦,扩儿,你陪你世叔练练剑吧。"

王师中连忙道:"罢了,老夫可不和武状元交手,免得自取其辱。"

马扩起身笑道:"王世叔真是见笑了。"马扩身长八尺有余,三十多岁,武艺超群,王师中时常感慨马扩生不逢时,未能受到朝廷的重用。

五、风流皇上

此时,一封来自朝廷的诏书忽然被送了上来,王师中得到通报,神情立刻变得严肃起来。他迅速地阅读完,又匆匆折叠起来塞进了袖管。马政见王师中一脸严肃,便打趣地问道:"怎么?皇上要升你官了?"

王师中没有接口,而是委婉地说道:"大哥,真对不住,今儿弟弟我手头上突然有点要紧事,没法招待你们了。"

马政是典型的武将脾性,见王师中竟突然下起了逐客令,正要发作,却让马扩给制止了。马扩说道:"既然世叔有正经事,我们就不打扰了,下回再登门拜访。"说罢,马政父子二人便退出,马政明显有些不悦,王师中只得一个劲儿地作揖,表达歉意。

待到马政父子走后,王师中将袖中的诏书又再取出,重新一字一句地读了一遍。此时距王师中上月上奏没多久,对于一个如此重大的事件,皇帝竟能如此迅速地作出决策,这是令王师中没有想到的。而事实上,童贯早在多年前使辽的时候就已经有联合女真、收复幽云计划的雏形。

皇帝在这份诏书里,向王师中传达了一个秘密的任务:派遣高药师等辽人充当使者航海北上,去金国试探一下结盟的可能。金国与大宋之间隔着辽国,从陆地上无法直接到达,只能走海路。皇帝之所以派高药师等人前往,主要原因在于他们熟悉海路,这是中原的大多数人做不到的。

王师中当即命手下将蓟州汉人高药师、曹孝才、郎荣和尚带了上来。这些人自从误入宋境以来,日子并不好过,基本处于被软禁的状态。他们见王师中的时候,目光都不敢直视,好像犯了什么大

第七卷 大地裂痕

罪似的。

王师中充分利用他们胆小怕事的心态，故意威吓道："擅闯我大宋国境，依律当斩，但念及你们带来重要情报，暂时免你们一死。眼下，又有一个可以将功补过的机会。"王师中顿了顿，看了看他们脸上的反应，接着说道，"若能抓住良机，不但可以免罪，而且没准还能得个一官半职。"一听这话，三人眼里像是突然泛起了光，伸直了耳朵仔细地听着。王师中便将事情如实告诉了三人。三人听完后，却露出了为难的神色。

"王大人，金人野蛮凶残，我等又是辽国遗民，真去了，恐怕有去无回啊。"曹孝才轻声说道。

高药师在一旁默不作声，深知这件事情是无法推脱的，因而也就不发一言。

果然，王师中接下来的话就更直截了当了："富贵险中求，要有所得，必然得冒险。本官就明说了吧，如若三位不肯接下这个差事，那就只能按大宋律法办了。"三人听罢，只得连声应允下来，此事虽然凶险，但毕竟还是有生机的，既然没有退路，不如放手一搏。王师中最后还不忘安抚三人道："皇上为了三位的安全考虑，还发了一份市马诏，等到进入金国境内，你们只需自称前去买马即可，想必金人不会为难你们。"高药师等三人磕头拜谢后，便离开了。

2. 半面貂蝉

在登州最热闹的街市上，人们平静地生活着，他们并不知道这

五、风流皇上

座城此刻正在酝酿和谋划着一个重要的计划,依旧如往日一般在家长里短的闲谈中过着平淡的日子。从一家生意不错的茶馆里,传出一个姑娘悦耳的歌声,吸引着过路人的驻足,甚至进店喝起茶来。马扩便是这茶馆里的常客,他虽是习武之人,但性格脾气又极像个文人,喜欢这雅致的茶座,喜爱独自听曲饮茶。这台上唱歌的姑娘戴着面纱,身边坐着个拉胡琴的老汉,应该是她的老父。这父女二人姓商,已经在这儿唱了好几个月了,姑娘的歌声使茶馆的生意比过去好了不少。没有人见过她的全貌,但从一双眼睛便可看出,这是个少见的美人。茶客们给她取了个雅号叫"半面貂蝉",因为她总是抱着琵琶,遮去半面。

这天马扩从王师中家出来,便与父亲分开,像往日一样,独自前往这家茶馆,静静地聆听这曼妙的歌声。待到一曲《念奴娇》唱罢,坐在底下的一名络腮胡的刀客拼命鼓起掌来,他的神态极其亢奋,像是酒过微醺。他起身高声道:"小娘子的曲子唱得的确好,可却一直戴着面纱,何不摘下,让我等一睹芳容?"刀客说罢,周边几位茶客也开始跟着起哄。姑娘一言不发,就好像没听到他的话一般,眼帘微垂。身边的老汉替她说道:"各位客官,对不住,小女自幼性情内敛,不喜抛头露面。"

"住嘴,哪轮得到你这个糟老头子说话,我是在问你女儿。"刀客的语气突然变得很不客气,甚至爆出了粗口,"赶紧给老子掀了这面纱!"姑娘依旧低着头,连看都没看他一眼。刀客感到很没面子,便上前一步,欲伸手去掀开面纱,老汉上前阻止,被他推开,周围人见状,不再起哄,却也没人上前制止。刀客伸手去揭面纱的时

第七卷　大地裂痕

候,姑娘也并不躲避,似乎眼前的事情与自己毫无关系。就在刀客的手将要触到面纱的时候,他忽然感觉到手上一阵酥麻,等到反应过来,才发现是被一只茶碗击中。那茶碗掉在地上,发出清脆的破碎之声。

掷出茶碗的正是马扩,此时他看着刀客,淡淡地说道:"姑娘既然不肯露真容,兄台又何必勉强呢?"刀客努力定了定神,问:"你是何人?"

马扩答道:"在下马扩,无名小卒尔。"

刀客此刻酒完全醒了,他深知眼前人身手非凡,自己绝非对手,但又不好直接走人,那样太失面子,于是只得强行出手。他拔出刀来,向马扩冲过去,四周的茶客纷纷惊恐四散。马扩灵活地闪向人少的东北角,从桌上拿起五个空的茶碗,一翻身便跳上了桌子。那刀客挥舞着手中的刀,颇有气势,但却近不了马扩的身。每当他向前半步,便会被茶碗重重地击中。马扩以区区茶碗做兵器,也显得游刃有余,最后掷出的茶碗将刀客手中的刀都震飞到了数丈之外。刀客只得撂下狠话,夺门而逃,连刀都来不及捡回。

茶客们见事态平息得如此之快,便又纷纷回到座位上去,议论着那名刀客的恶劣行径。马扩来到老汉面前,道:"老人家,光天化日,不必害怕这样的恶霸。"老汉一个劲儿地道谢。马扩又转向那姑娘道:"姑娘受惊了,请继续唱曲吧。"说罢,马扩命小二拿个新的茶碗来,又坐回原位,喝起茶来。

先前一直看起来波澜不惊的姑娘此时站起身,缓缓地走到了马扩的边上。马扩有些惊讶地抬头,也站了起来。姑娘伸手揭了杯茶,在马扩的面前轻轻取掉了脸上的面纱。所有人看到这一幕,都瞪大了眼睛,因为在她雪白的右脸上,赫然印着一条长长的疤痕。即便是马扩这样的英雄人物,看到这样的一张脸,内心也泛起了愁绪,愣在原地,或许是对白璧微瑕的惋惜。

3. 幽云

自从得到来自汴梁的诏书,王师中便开始准备高药师领衔的兵船,待一切准备就绪,八月二十二日那天便从登州田横山匆匆出发了。王师中所派遣的人大半都是那群辽国汉人,这次派人去金国实际上只是试探。他的心里已经做好了有去无回的准备。高药师等人心里也明白,王师中只是将他们当成打狗用的肉包子,便事先与郎荣和尚等人商量保命的对策。

高药师一行人踏上平海军水师的兵船,王师中前来为他们送行。

王师中对这群秘密的使者说道:"诸位好汉,此行关系到我大宋国脉,假如此行成功,诸位的名字必将青史流芳,成就英雄佳话。祝各位一路顺风!"高药师代表船队成员作揖表示答谢,他表面上谦恭,心里却连连暗骂王师中:这厮分明是只挑好话说,什么此行成功青史留名,他怎就不说此行若是失败,大伙就将死无葬身之地了呢!高药师并未将内心所想表露在外,对于他而言,这条命本来就是捡回来的,更何况人在屋檐下,不得不低头,如今的处境,他也只能按吩咐去做,别无选择。

兵船起航,缓缓驶离登州,高药师、曹孝才向着岸边的王师中

第七卷　大地裂痕

挥手告别,口中则骂着"王师中你个老狐狸,不得好死"之类的恶言。这船上的人个个面色凝重,好像这次航行的目的地是阴曹地府。他们经历过辽金的战争,知道金人个个高大凶猛,犹如传说中的黑白无常。

即使是卧在龙榻上歇息片刻,赵佶也是拳不离手曲不离口,他伸出食指在半空中写着字。他的书法技艺如今已臻于完美,当世的书法家们恐怕难以找出几个可以望其项背的。此刻,他的手虽然在半空中挥舞着,但心里却在想着别的事情。他不知不觉地在空气中写下了"幽云"二字,一种极其强烈的使命感涌上心头。倘若联金抗辽的计策得以实现,夺回失地,他的千秋功绩就将超越自己的父兄,甚至可以与太祖、太宗相媲美。想到这里,他不由得热血沸腾,豪迈之情充盈于胸。此时,恰好梁师成从一侧走了上来,怀揣着一张很大的图纸,通报道:"皇上,万岁山的详细图纸已经绘制完成了。"一听到"万岁山"三字,皇帝顿时从收复幽云的臆想中走了出来。他挥了挥手,示意梁师成将图纸展开。

梁师成徐徐走到几案边上,将图纸整齐地摊开在桌面,一端用手按着,另一端用御砚压着。赵佶站起身来,绕桌徐行,仔细地端详着图纸上所画的奇花异石的方位,观察良久,才说道:"东南角还要再预留一块空地,等朕得到了凤凰岩,就摆放在这个位置。"皇帝伸出手指了指图纸的东南角。梁师成应了一声,见他回到了龙榻上,便又将图纸小心翼翼地收起来,轻轻地退到了一边。

这万岁山的正式修建虽是这年才开始的,但其起源却要追溯

五、风流皇上

到十多年前。那时候的赵佶刚刚继位不久,一直未得子嗣,他一想到自己的兄长哲宗的下场,就不由得担忧起来,生怕自己也因没有子嗣而导致大权旁落兄弟之手。就在这个时候,一个名叫刘混康的茅山道士给他献了一计,说是京城的东北角太低,阻碍了龙脉,如要子孙繁茂,就应当垫高东北角。赵佶一向崇尚道教,便听信了刘混康的话,命人在汴梁的东北角修建了一座园林,并搜罗全国各地的奇花异石放置于其中。一直到了今年,他突然心血来潮,自封为"教主道君皇帝",并决意将东北角的小园林兴建成大型园林,命名为"万岁山",此事便交由"隐相"梁师成全权负责。这无疑是个肥差,令王黼等人羡慕不已,为了分一杯羹,纷纷巴结梁师成。王黼的宅子更是开了一条秘密通道,直接通往梁师成的府邸,可见二人关系非同一般。

赵佶所说的凤凰岩是位于睦州青溪县的一块巨石,这块石头被当地百姓称为灵石,相传为天神降下保佑一方安宁的。每年的腊月初八,当地都会有"祭灵石"的习俗,而他对此石觊觎已久,但一直苦于石头巨大,极难搬运,更何况宫廷中也没有可以容纳这块巨石的地方。如今,万岁山开始兴建,石头的落脚点算是定下了,但搬运问题仍未解决。尽管如此,他还是没有断了这个念想,就像他断不了收复幽云的念想一样。

正当梁师成要退出时,皇帝叫住了他,慢悠悠地问道:"今天距丁丑已经几日了?"

梁师成立刻明白,皇帝是在惦记着王师中派往金国的船队,便回答道:"回皇上,已过了七日。"

第七卷　大地裂痕

皇帝听后低声道："七日了,应该已经到了吧。"随即点了点头,便让梁师成退下了。

按常理算,皇帝所惦记的船队确实应该到达目的地了,但是此刻这群人却出现在海上的一座孤岛上。他们在这里过起了远古人般的生活,钻木取火,砍柴打猎。他们把抓来的鱼放在火堆上烤着,那炊烟缓缓向上升,直达天际。高药师津津有味地啃着烤鱼,似乎十分享受这种远离世俗尘嚣的生活,但其实他的心里还是忧虑得很。

原来,前日当他们一行人接近金国的海岸时,看见金国那些高大如虎的守卫,便彻底陷入恐惧。他们感觉金人异常野蛮,动不动就会把人生吞活剥了。作为辽国遗民,他们进入金人的地界,简直就是来找死。全船的人都不愿靠岸,不愿送死,但又不敢违抗来自汴梁的命令。就在船逐渐接近金国国土之时,郎荣和尚挺身而出,说出了所有人想说但又不敢说的话:"如此贸然进入金国,我等必死无疑啊!"这一句一出口,人们纷纷响应,就连王师中亲自委派的兵卒也深表同意。高药师见船队成员如此团结,便顺势说出了自己酝酿已久的计策:向朝廷和登州府统一口径,就说在边界巡逻的金国士兵拒绝船队登岸,向我船队射箭,无奈之下,只得放弃靠岸返航。

尽管这个谎言漏洞百出,但是对于整个船队的人而言,这就像是一根救命稻草,所有人都赞成这个借口,高药师面临生死抉择之际,也是出奇的果断,当即下令调转船头返航。

五、风流皇上

暂时脱离了被金人诛杀的危险,船队却又陷入了另一种恐惧,毕竟这是抗旨加欺君的死罪,万一事情败露,皇帝一怒之下,斩了全船的人也不是没有可能的。途中便有人提议暂缓回国,待大家权衡一下,再决定何去何从。于是,这一船人在进退两难的情况下,便在海上的一个荒岛上暂作停留。

这个小小的孤岛成了船队的避难所,所有人聚集在一起讨论向南还是向北的问题。有一部分认为金人野蛮,绝不可接近,而皇帝宽仁,未必会治大家的罪;另一部分人则认为皇帝根本没把这船人的性命放在眼里,回去也是死,不如放手一搏,前往金国。

两派人的意见争执不下,只得在荒岛上暂居,这里环境宜人、气候舒适,本该是世外桃源一般的生活,但这群人却始终活在一种焦躁的状态中,不知道命运将会如何。一直到四个月后,他们终于作出了艰难的决定:回国,按照高药师的计策行事。他们重新登上兵船,开始了返航的路途,其间方向发生了偏差,最后没有回到登州,而是登陆在了登州附近的青州。

此次出使海上的行动极为隐秘,所以青州方面无人知晓。高药师等人一上岸,便又被当作擅闯宋境的外来者而扣押起来。青州守臣崔直躬以为他们是辽国派出的间谍,对此事尤为重视,亲自来到监狱审问。高药师见到崔直躬,连忙解释:"大人,我们是大宋皇上派去出使金国的使者啊!"

崔直躬捋了捋胡须,冷笑道:"既然是使者,总有随身文书可以证明吧?"

按常理,出使他国确实应当携带文书,但是此次任务特殊,朝

第七卷 大地裂痕

廷方面唯一下发的便是那份密诏,还在王师中的手上。如今船上绝大多数都是辽人,又没有一样能够证明身份的物件,高药师感到百口莫辩,只得说道:"小的没有文书,但我们是宋使可是千真万确的事实,还请您转达登州府的王师中大人,就说高药师一行人已在青州。"

崔直躬仍然用怀疑的眼神看着这些人,根本不相信朝廷会派这么一群辽人出使金国,如果这是真事,那简直就是儿戏了。他当即向高药师怒斥道:"你当本官是三岁小儿,会相信你这等鬼话?"说罢便转身,头也不回地离开了。

崔直躬显然不相信高药师等人的话,他并未向登州府方面求证,而是直接将此事禀报了汴梁,将一群辽人闯入宋境之事上奏给了皇帝。

汴梁此时正值一年中最热闹的元宵节。每逢佳节,赵佶都不甘在宫里闲着,太阳刚落山,他和王黼、梁师成便又一次站在了东宫墙下,梁师成率先翻出了墙,而后赵佶拍拍王黼,笑道:"快把背耸耸。"王黼乐呵呵单膝跪在地上,耸起肩膀,让他踩上去。王黼不但长得英俊潇洒,力气也大,他用力向上一顶,便站起了身,将皇帝举到了檐上,另一边,梁师成护着皇帝下到地上。这君臣三人配合得极为默契,不用片刻,便已离开了皇宫。

元宵之夜,皇帝就在街市的人群中大摇大摆地走着,真正地做到了与民同乐,从这一点来看,他可算是最亲民的皇帝了。这日满街的花灯使汴梁沉浸在五光十色的海洋中。家家门前扎缚灯棚,

五、风流皇上

光芒照耀通透如同白昼,街上张灯结彩,鼓乐齐鸣。戏班子纷纷搭出戏台,你方唱罢我登场,好不热闹。

李师师这次是到楼下来迎接他的,见他出现,便嫣然一笑,娇嗔道:"陈大官人,您可让师师好等。"

赵佶宠幸李师师已经三年有余,但是每次见到她都如同初见一般,有一种惊艳的新鲜感,这是他后宫任何一个嫔妃都不能比的。尽管他是当世的书画大家,但师师的形象,他无论如何都画不出来,也无法用诗词来描绘,并非他才华不够,而是李师师确实美艳到难以形容。皇宫纵使再雍容华贵,没有李师师也只是一座金色的空城,万岁山即使再美,没有李师师也如同无翼之凤。李师师让他如痴如醉,欲罢不能。

赵佶从未在李师师房里度过完整的夜晚。这天半夜,他暖玉在怀,流连忘返,但到了子时,还是不得不从温柔乡里爬出来。李师师早已习惯,便坐起身来为他穿衣。临走时,他从怀里掏出一块红色的玉佩,递给李师师。

"师师,这块和田红玉送你,见此玉,如同见朕。"皇帝一脸郑重地说道。

李师师接过红玉,表情有些惊愕,尽管陈大官人的真实身份,这院里的人都心照不宣,但这还是他第一次以"朕"自称。

李师师拜谢:"谢皇上赐民女如此珍贵之物。"

赵佶平日总是一副纨绔子弟模样,但此刻却尤为认真地说道:"师师,为你,朕即使付出半壁江山也无憾。"在这种你侬我侬、依依不舍的氛围中,二人告了别。赵佶当然想不到有一天他的情话应

第七卷 大地裂痕

验了——日后他果真失去了大宋的半壁江山。

青州守臣崔直躬的奏章是第二天才抵达汴梁的。当皇帝得知高药师等人没有完成出使金国的任务时,立刻便看破了他们的借口:"抗旨也就罢了,还编造了这么一个拙劣的理由来欺君!这群混账,朕一定要诛他们九族!"说罢一掌重击在案上。

童贯和蔡京从未见过皇帝如此气急败坏的样子,连忙下跪劝道:"皇上息怒,皇上息怒!"但是他的怒火没有丝毫平息,还令童贯将船队之人全部问斩。

蔡京深知皇帝对出使海上之事极为重视,才会如此龙颜震怒。他劝说道:"皇上收复幽云之心天地可鉴,日月可昭,但臣以为万万不可在此节骨眼上动刀啊!"皇帝看着蔡京,怒气仍然未消,但也没有说话。蔡京便继续说道,"此次出使失败,大可以再派其他人去,但是倘若将他们杀绝,将来恐怕无人敢再担此大任了。"

"不杀他们?他们这群辽人胆敢把朕当猴耍,留着有何用?"

"此次派遣的人员中,以辽国遗民居多,自然难以管束,只要我方派出一些信得过的使者,让那些辽人担任辅助职务,想必不会再有什么闪失。"蔡京说道。

说到信得过的使者,皇帝下意识地望向了童贯。毕竟他是皇帝的心腹,曾屡立战功,胆识过人,而且还曾担任过访问辽国的副使,自然是出使金国的不二人选。

童贯见皇帝的目光转向自己,便领会了意思,但他并没有像皇帝所期望的那样揽下这个重任。童贯当然不是贪生怕死之辈,只

五、风流皇上

是他觉得死有轻于鸿毛,有重于泰山,更愿意在沙场上洒血,而不愿作为一个使者,让金人当活靶子使。他低头沉思了片刻,道:"皇上,我大宋和女真素来有商贸上的来往,不如还是借买马的名义派遣使臣前往。"

皇帝怒气未消,来回踱步,问道:"何人堪当此大任?"

童贯仍不愿自告奋勇,答道:"据王师中说,青州、登州的武官中有不少文武双全的英雄豪杰,这倒是他们大显身手、建功立业、效忠朝廷的好机会。"

见童贯一再推脱,皇帝不无挖苦地说道:"童贯,看来你和高俅一样,也是个蹴鞠能手啊。"童贯连忙跪地磕头谢罪,皇帝继续道,"按理说,朕应当治你这个宣抚司的罪,但念在你过去的战功,让你将功折罪,重新组织船队出使金国,如若再有闪失,你就去当掌厨太监吧。"

童贯连忙磕头拜谢,道:"谢皇上,臣这回一定不负圣望。"

皇帝摆摆手,让他退下。

立下了军令状,童贯自然不敢怠慢,亲自前往登州府,严厉地训斥了王师中,把一肚子的苦闷发泄了出来,几乎是把皇帝奚落他的话语都原封不动地转给了王师中,最后还给了王师中一句:"这次若再有闪失,小心乌纱帽不保!"

王师中连忙打包票,道:"童公公放心,下官一定派出最适合的人选,绝不会再出差错。"尽管王师中作出了这样的保证,但童贯仍然不放心,决定在登州留一段时日,一方面将上回出使不利的"使者"严加惩处,另一方面亲自监督王师中挑选智勇能吏,重新布置

第七卷　大地裂痕

出使计划。

就在童贯、王师中在登州商讨组织新船队的事宜时,汴梁却出现了不同的声音。不少大臣认为,与金人联合攻辽,是一个极其危险的想法,后患无穷,背弃澶渊之盟不妥。皇帝见了这些奏折,暗叹这些官员的迂腐和短视,在他看来,能够收复幽云这道坚固的屏障,背弃一个盟约根本就是不值一提的事,更何况辽人每年向大宋征收岁币,数额巨大,澶渊之盟本就是个不平等条约。本就在气头上的皇帝将一大摞奏折重重地从桌上推到地上,对着王黼大声道:"以我的名义拟一道诏书:通好女真之事,监司、帅臣均不得干预!"王黼见皇帝如此震怒,应声后便立刻告退了。

诏书一下,文武百官便再也没有敢吱声的了。他这次是铁了心要将幽云十六州收回,因为他深知,幽云不复,大宋将永远生存在忧患之中,所谓的太平也只是暂时的表象。北方的辽人一旦恢复战力,必将举兵南下,吞没大宋江山。因此,必须抓住眼下辽人的疲态,乘机交好女真,夺回幽云,稳固江山。

六、幽云梦

1. 出使女真

这天傍晚,马政父子来到了王师中的府邸,他们是这里的常客,每次来此都毫无拘束,但今天和往常有很大的不同。在和王师中会面时,他们已经知晓了前次皇帝遣使访金的来龙去脉,马政深知此事重大,而现在这个重要的差事即将落在自己的肩上,这既是效忠朝廷、获得重用的好机会,但也有极大的风险,一旦出使失利,恐怕就要像郎荣和尚等人一样被发配到偏远地方,不得翻身。他看着自己的老朋友王师中,不知是该感谢他还是责备他。听说今日有位朝廷要员要来,马政也不免有些紧张起来,反复在揣测来的是哪位大人,究竟是蔡京还是童贯?抑或是皇帝本人?

马政父子从未见过皇帝和童、蔡二人,他们只知道这三人的大致年龄以及童贯的太监身份。因此当他们看到留着胡须的童贯进门之时,都以为此人是蔡京,请安道:"下官参见大人!"童贯请二人免礼,王师中便转向童贯道:"童公公,这就是下官向您举荐的马政、马扩父子二人。"童贯打量了二人一番,说道:"好!果然器宇不凡,豪迈过人,请上坐。"

当时在民间,有一个流传甚广的歌谣是这么唱的:"翻了筒,泼了菜,便是人间好世界",说的便是百姓们对童、蔡二人的憎恨。这些年来的花石纲之祸,早已使民怨积累如山,而这其中的罪魁祸首便是童贯和蔡京了。在民间,这两个奸臣的形象早已被丑化得十分不堪,尤其是童贯,作为一名太监,被形容成近乎妖魔。所以当马扩见到这个臭名昭著的童公公时,暗自有些惊讶,原来此人身形魁梧,仪表堂堂,还有着长长的胡须,不但不丑陋,反而和自己想象中的美髯公关云长有几分相似。

童贯微侧着身子对马政父子说道:"咱家这次到登州的目的,想必王大人已经告知二位了。"二人不语,表示默认,童贯便接着说道,"一来,是奉了皇上之命,前来问责前次出访金国不利的相关人等;二来嘛,就是整顿新的队伍,重使海上,以希求与女真通好,收复辽国所占之幽云。有了前车之鉴,此番咱家特地吩咐王大人,要挑选青、登二州最有勇有谋的能臣前往,王大人便向咱家推荐了二位。不知二位可愿担此大任,为收复我大宋山河出力?"

马政即刻拜倒在地,马扩也跟着跪了下来。马政说道:"承蒙公公错爱,下官必当竭尽所能,效忠皇上!"

童贯起身搀扶马政,显得极为和善,道:"请起,咱家必将向圣上禀明你们父子二人的一片忠心。"

马政由于多年未受朝廷重用,此次突然得了如此重任,显得有些激动和忐忑。相比之下,马扩却显得比较冷静,他的脸上没有一

六、幽云梦

丝激昂的表情,却似乎有着几分忧虑。

"此次出使虽以市马为名,看似屈了二位的将才,但其实与金人的盟约若能达成,你们二位的功劳可比得上咱家在沙场上打十个胜仗,还望二位能知悉此事的重大。"童贯也不忘给二人施加些压力,说罢这番话,向王师中点头示意。王师中便命手下人将高药师带了上来。

高药师面色憔悴,比几个月前足足瘦了一圈,一进门就整个地伏倒在地上,道:"高药师拜见宣抚司大人。"

童贯斜睨着高药师,问道:"你就是那胆大包天的高药师?你可知道你的那些同僚们现在都已经被发配到荒僻之地喂狼去了?"

高药师声音有些颤抖,几乎是嘶鸣一般地叫道:"小人知错了!小人知错了!求大人饶命。"他向前爬行,试图抱住童贯的脚,被一旁的两个侍卫截住,丢出数丈之外。

童贯站起身,缓缓地向高药师走去。高药师像一条驯顺的狗一般跪在那儿,听候发落。童贯看着他那惧怕的神色,似乎十分享受,过了许久才对他说:"咱家念在你精通海运,特地在圣上面前为你求情,让你此次跟随船队前往,将功折罪。"

"多谢宣抚司大人的救命之恩,小的这次一定不辱使命,即使肝脑涂地也在所不惜……"高药师说到一半,便被童贯打断。童贯慢慢地说道:"在咱家面前就别说什么豪言壮语了,对你这等贪生怕死之辈,也没啥大的指望,只愿你别再像前次一样,又溜之大吉了。到时候,即使咱家在圣上面前说破喉咙,也救不了你的狗命。"

高药师一听连忙磕了几个响头,道:"大人放心,您就是再借小

第七卷 大地裂痕

的十个胆子,小的也不敢了!"说罢,继续磕头,好像要用脑门在地上凿个大洞似的。童贯对这种"咚咚"声很是厌烦,便让他先行退下了。

童贯对马政道:"此行中,若这个高药师有遁逃之意,可就地处决。"马政稍有些惊讶,随即点了点头。

前往异国,语言不通,译官自不可少,童贯接着便命人叫上来一个年轻人。这人看起来二十余岁的样子,英武不凡,与先前的高药师形成鲜明的反差。

"平海军卒长呼延庆拜见童大人、王大人、马大人。"年轻人一上来就自报家门,声音洪亮犹如晨钟。

马扩听这呼延庆声音掷地有声,似乎也是习武之人,当下便生出几分好感。童贯捋了捋胡子,从上而下将呼延庆打量了一番,说道:"据说你是呼延赞的传人,可是真事?"呼延庆答道:"正是,下官是呼延将军的四世传人。"

那呼延赞乃是百年前大宋的著名将领,曾跟随太宗皇上南征北战,传说他身上有多处刺青,纹的皆是"赤心杀贼"四个字,他的妻儿、仆人身上也都纹了这四字,以表示对国家的赤诚忠心。呼延赞更是在几个儿子耳后刺字:"出门忘家为国,临阵忘死为主。"

呼延庆的胸前也露出一小块刺青,想必是将先人的传统继承了下来。童贯瞧见了他胸前的刺青,问道:"你胸前刺的是什么字?"

呼延庆立刻将衣服扯开,只见胸口刺着"出门忘家为国,临阵忘死为主"这十二个字。童贯见状,赞道:"好!不愧是名将之后,

六、幽云梦

据王大人说,你通晓多国语言?"

"精通不敢说,契丹语、西夏语、女真语都是略懂而已。"呼延庆如实答道。

马扩也曾学过一些女真语,便试探性地与呼延庆对起话来,二人说了一大堆旁人听不懂的语言后,童贯向马扩问道:"这位呼延后人的女真语如何?"

马扩道:"呼延小兄弟的女真语恐怕可以赶上真正的女真人了,下官佩服得紧。"

童贯一听,甚是喜悦,要知道熟习对方语言可是一件至关重要的法宝,便转向马政道:"看来此次出访又得多带上一人。"

马政作揖点头表示赞同,呼延庆连忙磕头谢恩。

童贯又对马政道:"好,咱家离京之前,皇上还特地下了道谕旨,封你为武义大夫。为了此行顺利,青、登二州的俊才任你挑选。"

马政与马扩再次跪地领旨谢恩。马扩心知童贯是个奸佞之人,对于频频跪拜,心里本是极不情愿的,但是见父亲下跪,自己也没有不跪的道理。此刻他在心里思量着,朝廷这次在如此短的时间内两次派遣船队前往金国,看样子皇上是铁了心要走"联金攻辽"这步险棋了。这步棋走得是对是错?马扩也陷入了一番苦思。宋、辽、金这三国的局势,有着如同三足鼎立的微妙平衡。马扩清醒地知道,军事实力上,大宋已落后多年,由于长期重文轻武,加上蔡京、高俅等手握重兵的奸臣当道,许多原本该用于增强军备的经费,恐怕也都落入了这些贪官污吏的手里。如今,摆在大宋面前的事实上也只剩下两条路：联金或联辽，想要作壁上观显然是不可能的事情，那无异于坐以待毙，因为一旦三国的平衡被打破，大宋也就岌岌可危了。这样考虑下来，马扩也就理解了皇帝的抉择——至少先利用金国夺回幽云屏障，再整顿军队，防备盘踞在北方的那群鹰视狼顾的金人。

正思索着，马扩见王师中和马政都在躬身送童贯离去，便也跟了上去。他看着身形微胖的童贯坐上豪华马车，在一群侍卫的簇拥之下，向登州城门驶去。马扩目送着这浩浩荡荡的车队远去，兀自叹了口气。

2. 万岁山

赵佶的心中时刻惦记着雄壮的山河，只有当身处两个地方的时候，才能暂时放下这种忧思，一处是李师师的温柔乡，另一处便是万岁山了。当万岁山被奇鸟奇花奇石逐渐占满，便越来越显出灵气来，好像是一方世外的桃源，仙鹤在雾气缭绕的山水间飞跃，各色的鱼儿在清澈见底的池中穿梭。即便有再多的烦恼、再沉重的忧思，来到此处也就蓦然间烟消云散了。

每逢来到万岁山，赵佶的才华便会成倍增长，原本他就才华盖世，在万岁山灵气的包围下，更是如此。他独创的瘦金体笔法刚劲清瘦，结构疏朗俊逸，形如屈铁断金，匠心独具，堪称艺术精品。他招募天下名士，大量搜集古今字画，整理编撰了诸多书谱、画谱。由他亲笔御书的钱文"崇宁通宝""大观通宝"等字体端庄秀丽，结体瘦长，运笔挺峻，横画收笔带钩，竖画收笔带点，撇如匕首，捺如

六、幽云梦

切刀,竖钩挺脱有力,字体搭配和谐自然,浑然天成。

正当他享受着令人迷醉的静谧,迷迷糊糊即将入睡之时,一阵孩童的喧闹声忽然传入了耳际。他回过头来,看见王贵妃正带着小女儿嬛嬛前来玩耍。若是他人打扰了他的休息,赵佶必会大怒,但见是自己的小女儿,他立刻露出了愉快的笑容。嬛嬛是他和王贵妃的女儿,今年八岁,名为赵多富。她长得极为可爱,又聪颖过人,富有灵气,深得他的喜爱,被封为"柔福帝姬"。她用稚嫩的声音唤了声:"嬛嬛给父皇请安",便直接往他的怀里钻去。王氏和一旁的宫女见状,都乐坏了。他亲热地将小嬛嬛举了起来,这一父女嬉闹的场面和万岁山的自然雅致构成了一幅温馨和谐的画,如同陶潜笔下的世外桃源一般。

赵佶一生笃信道教,虔诚无比,不但自封"教主道君皇帝",更是把道士们的地位提到了前所未有的高度,有时道士们的地位比朝廷命官都要高出一截,他们的话往往能影响他的重大决策,就像这万岁山的诞生也是出于道士的一句话。如此宛如仙境的地方,自然是他最为喜爱的场所,有时候他甚至觉得,当一名隐士比当皇帝要好玩得多。

平日里,贵妃王氏极少会带嬛嬛到万岁山来,赵佶正要问,又听得一声"太子殿下到",大儿子赵桓慢吞吞地走来请安。赵桓看起来有些木讷,中规中矩地向他请安。他虽为太子,但纯粹是因为年龄最长,其实并不受宠,他最喜欢的儿子乃是郓王赵楷。赵楷和嬛嬛一样,是王贵妃所生,他的文韬武略和他最相似,因此尤为受宠。赵桓担忧父皇会废了自己,改立赵楷为太子,因而总是谨言慎

第七卷　大地裂痕

行,亦步亦趋。

赵佶见赵桓前来,脸上丝毫没有喜悦,他一手抱着嬛嬛,一手挥了挥示意免礼:"桓儿,你今天怎么也来了?"

赵桓答道:"过些日子便是父皇登基十七年的纪念日,儿臣特地带了些礼来孝敬您。"

赵佶一听,这才反应过来,今日已是四月,自己登基将满十七年。这几个月为了联合金国的事情费了不少心力,竟然连自己的大日子都给忘了。这大儿子赵桓虽然天资驽钝,但一片孝心倒是令他有些感动,因为他献上的都是些散失在民间的宝贝器皿,想必是费了一番工夫的。

此后,陆陆续续又来了不少人,皇帝给前来祝贺的嫔妃和子女赐座,并命人上水果美酒,俨然在天庭开起了家宴。酒过三巡,赵楷却迟迟未现身。王贵妃倒有些不安起来,道:"楷儿这孩子,大概又是读书作画忘了时辰,待臣妾叫人去唤他来……"

皇帝完全没有不悦的神色,反而夸赞道:"如此醉心于书画,有朕的风范,就不必去打搅他了。"赵楷深受赵佶的喜爱,所以有些时候,他敢做一些其他兄弟姐妹不敢做的事情,因为即便他顶撞了父皇,父皇也是乐呵呵的,全然不会有怪罪之意,久而久之便养成了傲气,自然不会将其他人放在眼里了。

就在这时候,梁师成来到皇帝边上低声说了几句话。皇帝大喜,站起身道:"今日朕双喜临门,既逢吉日,又获至宝!"原来,那块闻名遐迩的法螺岩今日正好运送到了汴梁,万岁山又多了一块镇山之宝。如此一来,全国各地最著名的奇石除了睦州的凤凰岩之

六、幽云梦

外,都已被他收入囊中。

"来来来,都随朕一起去恭迎这奇石!"赵佶道。在场的人们纷纷恭喜他获得宝石,一边跟着他鱼贯而出,共同见证法螺岩入驻万岁山。

自从接下了出使女真的差事,马扩便很少有清闲的日子,不是在征选船队成员,便是在苦练骑射,就好像即将奔赴沙场,迎接一场苦战。之所以苦练射术,是因为马扩深谙女真乃是马背上的民族,绝不是靠三寸不烂之舌就能啃下的骨头,关键时刻,恐怕还要靠拳脚说话。对于此行的危险性,马扩也有充分的思想准备,毕竟像"不斩来使"这样的外交规则对女真人而言,或许是闻所未闻的。

在心里既已做好了有去无回的准备,便也没有太多的惧怕,马扩向来认为,既然是为国而死,把血洒在沙场和洒在斗室里便也没有什么太大的区别。只是内心隐隐觉得有一些牵挂,似乎在用纤弱而尖锐的声音对抗着他心底的豪迈。这天他不知不觉间便走到了常去的那家茶馆,想在出行前再去听一听那"半面貂蝉"的悦耳歌声。

没料到进了茶馆之中,唱曲儿的却是个陌生面孔,生意也比前些日子冷清了不少。马扩坐了下来,让小二上茶后,便问道:"这里原本唱曲的商氏父女呢?"

小二答道:"这父女二人可算倒了大霉啦,前几日官府的人来征选秀女,挑中了这姑娘。这麻雀飞上枝头的机会原是件好事,却没料到这父女二人宁死不从,推搡打斗了一阵,那老翁竟然举起一个大酒缸就往官爷头上砸,血流了一地啊……"

第七卷 大地裂痕

马扩连忙追问道:"后来呢? 这父女二人现在在哪?"

小二答道:"叫官府的人带走了。我看那官爷估计活不成,老头恐怕是要偿命了。"马扩听罢,连忙起身,连茶也没喝就走出了茶馆。

马扩马不停蹄地去了知府衙门,他进这衙门就如同进自己家门一般。衙役们都认识这位知府大人的世侄,见马扩一脸怒容,觉得有些意外,因为他们从未曾见过这样的马扩。他几乎是直接冲进了王师中的府宅。

王师中见马扩突然出现,面露异色,这个世侄向来很有教养,今日居然直接闯了进来,莫不是出使女真的船队出了什么大问题? 正猜测着,马扩便开口问道:"世叔手下的人,近日可曾在茶馆逮捕过一位脸上有疤痕的姑娘?"

王师中听得一头雾水,问:"似乎没有听说过,怎么了?"

马扩以为王师中在搪塞,便凑上前去更加郑重地问道:"朝廷近日是否在登州府招选秀女?"

一听此言,王师中似乎立刻明白过来,答道:"确有此事,前些日子童大人走的时候,确实留了几个手下人,负责在登州征选几名秀女,人数不多,因而也就没有声张。"

"这么说,世叔知道此事? 童大人手下的几人现在在哪里?"

"据通报,昨日太阳落山前就起程回汴梁了。现在,估计已经到青州了吧。"话音未落,王师中便见马扩夺门而出,临走前还留下一句:"世叔,借你的好马一用!"

六、幽云梦

在通往青州的驿道上,一群官府的人正引着几辆马车缓慢前行。那马车上坐着六位颇有姿色的姑娘,便是此次征选的秀女。姑娘们有的神情愉悦,有的却带着几分悲戚,还有的似乎兼具了这两种表情。商氏父女则被捆得严严实实的,跟在马车后面走着。在这烈日的暴晒下,即便是马车里的人都酷热难当,更不用说在马车外走路的人了。商氏父女几乎快丢掉半条命,拖着沉重的步伐艰难地行走着。

一个军士在一旁催促道:"快给我走!你们杀了大人手下的人,已经是必死无疑了,可别拖累我们一起热死在这里!"这样的催促声并未使商老头加快脚步,反而使他看起来更乏力了,他"扑通"一声倒在了地上,昏死了过去。商姑娘哭了起来,也跟着跪在了地上。那军士骂道:"哭什么,老头还没死呢!"他蹲下身子,掐了掐商老头的人中,不久,商老头便又睁开了眼睛。

商老头虚弱地说道:"你们到底要将我们带去哪里?"

那军士用力地拖拽着商老头,答道:"汴梁,听候童大人的发落。"

商老头道:"原来你们是童贯这个奸贼的手下。"那军士听到老头对童贯出言不逊,立刻给了他一个大嘴巴,商老头的一颗牙齿飞落出来。

商姑娘见老父被打,恶狠狠地用头猛顶那人,也重重地吃了一拳,商老头怒道:"既然铁定是死罪,不如在此将我就地正法!"

那军士一听,便抽出佩刀,恶狠狠地道:"死老头!你以为我不敢么?这就送你去见阎王爷。"说罢便作势要向商老头的脖子砍

第七卷 大地裂痕

上去。

商老头两眼一闭,准备受死,但那一刀却迟迟没有落下。原来那军士的手臂高悬,却没有勇气真的砍下一颗人头来。商老头见他那副孬样,暗自好笑,啐了一口,嘲弄道:"果然是个没能耐的小喽啰,活该一辈子在阉人手下当差。"这一句似乎触犯了那军士,他眼中立刻被杀意所充盈,商姑娘见状道:"爹,小心!"

商老头闪身一躲,那长刀严严实实地劈落在地上。那军士横砍竖劈,像是发了疯一般,商老头上了年纪,加上身上被捆,行动迟缓,好几次几乎被劈中,险象环生。那军士砍杀得红了眼,眼看刀子就要落在商老头的脖颈上,却突然觉得手腕一麻,刀子"当"的一声就掉在了地上。那军士回身骂道:"哪个活得不耐烦了?"却见远处有一人一骑正向他飞驰而来。

来人正是马扩,商姑娘一眼便认出了他,那军士从未见过马扩,当即便捡起地上的刀,准备反击,却被冲来的快马掀翻在地。随行的几个同僚听见后边有大动静,急忙赶来支援,马扩扬起马鞭,奋力一甩,便将好几人抽倒在地。马扩胯下的马是王师中从西域选来的良驹,品种极优,三两下便闪到了那几人的身后。他们从地上起来,还未站直身子,又挨了一鞭。马扩将手伸向商姑娘,将她拉上马背,又驱马到商老头边上,催促他上马。那几人本来还想拖住老头,但马扩猛然掷出几枚飞镖,吓得他们不敢近身,只得眼睁睁看着三人一马向南飞奔而去。

策马飞奔了很长一段路程,太阳已近落山,驼着三人奔驰了两个时辰,这匹西域的好马也有些支撑不住,马扩等人便下马,将马

六、幽云梦

拴在树旁,来到一条溪边取了点水喝。一旁的商老头"扑通"就跪了下来,商姑娘也跟着跪下了。马扩连忙伸手去扶二人,道:"老人家,这可使不得。"

马扩从怀中掏出些钱币,递给商老头,道:"我担心他们不久就会追来,请二位带上这些盘缠向南去,我将回登州,以马蹄印迷惑他们。"

商老头不敢收下这钱,二人就这样推辞了几个来回,倒是商姑娘一把拿过盘缠,道:"爹,就收下吧。"说罢转向马扩道,"大恩不言谢,他日若能再见,必以身相报,为妾为奴,绝不反悔。"她将自己的面纱递给马扩,然后扶着商老头,头也不回地离去了。倒是商老头不时回头,向马扩道别:"恩公保重!"

马扩攥着那面纱,出神地望着父女二人离去的身影。好一会儿,他将纱巾整齐地叠好,藏入怀中,而后翻身上马,向东北方向疾驰而去。

3. 幽云心事

距离马政父子船队出发的日子越来越近,皇帝不忘继续给童贯施加压力,这些最终都化为书信,飞到登州王师中的手里。辽国早已成为赵佶日思夜想的肥肉,在千里之外,金辽大战仍在进行,耶律延禧封耶律淳为都元帅,在辽东招募怨军,试图奋起反抗。但这怨军却早已溃不成军,在严寒的天气里仍然不得不穿着褴褛的薄衫,许多人都冻死在军营,这导致他们怨声四起,并将怨气转嫁到耶律淳的身上。

第七卷 大地裂痕

耶律淳心中也是暗暗叫苦,朝廷迟迟不供应冬装和粮草,只是一个劲地下令驱逐金人,收复大辽的山河。耶律淳无能为力,暗骂耶律延禧昏庸。在这种极端恶劣的情况下,怨军中相当一部分人都转投到金国去,毕竟对于人而言,能活下去才最重要。一日,耶律淳在自己的营帐里收到一封匿名的信件,上书:"怨军有人谋反,今夜将刺杀元帅,请速移驾。"耶律淳初见这张纸条,本来还不以为意,但后来想想,宁可信其有,不可信其无,便秘密转移到了别的军帐之中,并令一批身手不错的士兵在军营外埋伏,准备瓮中捉鳖。

是夜,叛军首领武朝彦果然率众秘密潜至耶律淳营外,见门户大开,武朝彦暗自窃喜,便加快速度挺进。原本与之接应的另一支叛军却看出了其中有诈,首领齐桑认为,耶律淳的军营即使再松懈,也不可能像这般门户大开,这一看便是请君入瓮的架势,但他们尚未来得及提醒同僚,武朝彦便已迫不及待钻入了陷阱。

武朝彦所率领的兵马冲入营中,却不见对方有任何响动,他这才意识到其中有诈,此时四周的火光便亮了起来,瘆人得如同地府的鬼火。武朝彦连忙喊撤,掉转马头,但四周的飞箭却如雨下,无处可避,不出一盏茶的工夫,武朝彦带来的人马几乎损失殆尽。武朝彦精于骑术,总算是从人堆里奋力冲出,他只身向南狂奔,试图逃入不远处的宋朝地界。身后的追兵也紧追不舍,流矢数次擦过耳朵,恐怕插翅也难飞了,他的坐骑似乎和他想到一块儿去了,沮丧地倒在了地上。随即,寒光一闪而过,好几把刀已经架在了武朝

六、幽云梦

彦的脖子上。

在耶律淳的营帐之中,所有人都围观着武朝彦即将被斩的大戏,他们手持火把,好像在迎接一个节日。武朝彦本是耶律淳帐下的一员猛士,耶律淳早知此人有反骨,却未曾料到他竟敢在这样的节骨眼上发动叛乱。武朝彦被踢倒在地,身上被绳子绑得结结实实。

耶律淳威严地走到他的身边,斜眼看了看他,随后背过身,负手而立。他向着军营的方向缓缓走去,然后大手一挥,只听"咔嚓"一声,武朝彦的人头落在了地上。人堆里发出一阵喧哗,过了许久才安静下来,当军士们回过神来,却发现耶律淳早已回到自己的帐中,点起了油灯。透过那薄薄的帐子,可以看到耶律淳高大的身影,正对着一大坛酒,兀自独饮。

转眼便到了七月下旬,在登州海岸,这个季节的阳光总让人睁不开眼,在场的人不是低着头,便是微眯着双眼,这本是一次出使,却有了出征一般的排场。宣抚司童贯又一次亲临登州,登州是边陲小镇,本来很少能迎接朝廷要员,但最近,童贯来此的次数骤然增多,还不断地带来皇帝的手谕。登州的地位似乎一下子提高了不少,而马政父子也由名不见经传的小人物,突然被推到了台前。

说这里有出征的排场,一点都不为过,连战鼓都被置于海岸边上,童贯上前象征性地擂了几声鼓,为使者送行的队伍便发出山呼海啸般的呐喊。马扩站在一旁,对这样的场面感到有些不适。因为这种雄壮的氛围似乎隐含了"壮士一去兮不复还"的意味,这更

第七卷　大地裂痕

增添了船队成员的心理负担,他们一个个神情紧张,眉间满是悲观之色。

仪式完毕,马政、马扩、呼延庆、高药师等人率先登上了船,童贯、王师中率众人在岸上送行。船起航后,没多久便成了海平面上的一个黑点,消融在日光里。这天的送行活动结束后,童贯便来到一顶暗红轿子边上,轿子里的人微微拨开帘,探出身来。童贯和轿中之人说了几句,随后下令起轿去知府衙门。王师中瞥见童贯和那顶神秘的轿子,好像突然意识到什么,命令专人为这顶轿子开道。

当两顶轿子抵达府邸后,王师中证实了自己的猜想,那轿子上走下来一位三十多岁、器宇不凡、手持折扇的书生打扮的人,举手投足都不同于凡夫俗子。童贯上前恭敬地迎他,这世上能让这大权在握的宣抚司点头哈腰的人,除了当今皇上,还能是谁?童贯并未向王师中明言,只是使了个眼色,王师中便率手下人一同跪拜行礼,恭迎圣驾。有些反应慢的人一开始还没明白是怎么回事,直到听见"皇上万岁万岁万万岁"时才反应过来,激动得腿都软了。

皇帝微笑着收起手中的折扇,让在场的人们都免礼。王师中刚起身,旋即又跪了下去:"微臣不知皇上驾临,未曾远迎,请皇上恕……"他的话被皇帝打断。皇帝上前一步,将其扶起,道:"何必拘泥于礼节?朕本来就是微服出行,不愿引起注意。"

说罢,皇帝又向前挪了几步,站到了中间的位置,他看起来十分激动,道:"各位,朕今天来到登州,就是为了亲眼看到那大船起

六、幽云梦

锚的一刻。联金的这步棋朕想了整整六年,今日终于落棋了。当年太祖、太宗失去的疆土必将复归我大宋。"说到这里,他格外激动,"百年来,我大宋与辽国因澶渊之盟而暂息战端,但这太平乃是用巨额的岁币换来的,是用尊严换来的,如今我们要加倍讨回来,重振我大宋的国威!"

见皇帝已说完,童贯振臂一呼:"收复幽云!重振国威!"

皇帝的一番激昂的话语似乎振奋了所有人,他们一同高呼道:"收复幽云!重振国威!"这声音越喊越响,明明才几十人,却有山呼海啸之势。

至于远在茫茫大海上的人,则又是另一番心绪了,他们并没有皇帝和童贯这般激昂的情绪,更多的是对未知的揣测。即使是马扩这等豪杰,也从心里生出一种前途未卜的感觉来。他从怀中掏出一件轻柔之物,那正是商姑娘所赠的面纱。他站在桅杆边上默默出神,直到听见脚步声,才立刻将面纱收起。

来者正是呼延庆,这些日子以来,他与马扩早已熟识,二人以兄弟相称。呼延庆见马扩双眉微蹙,以为他晕船,便问道:"马兄,你怎么了?是否感到不适?"

马扩摇了摇手,道:"没有,我只是想到前路未卜,内心有些隐隐的忧惧罢了。"

"马兄如此英雄,想必不会只是担忧性命,莫非有什么其他的考虑?"呼延庆坦率地问道。

马扩微微一笑,答道:"我马扩虽不是什么英雄豪杰,但也不至于贪生怕死,只是……你看这海天一色的光景,一片渺茫,我们这艘大船也只是沧海一粟,处于这样的情状之中,又如何能辨认东南西北?如何能知晓航向是否正确呢?"

呼延庆正要开口回答,突然意识到马扩并非真的在说航向,便没有继续接口,只是望向那遥远的天际线,若有所思。

七、梦断幽云

1. 马扩

航船在海上航行了整整两个月,这旅程中,除了一路上补给淡水的小岛之外,每日所见的景色便只有碧蓝的海天交融、日月的更替和偶尔掠过的鸥群。与出发时相比,所有人都变得邋遢不堪,有的胡子拉碴,还有因久未沐浴身上长虱子的。这种持久的苍茫和空虚让人不由得产生绝望的感觉,好像这样的日子将一直持续下去,永无靠岸之日。全船的人中,也只有高药师还保持着初时的精神,毕竟在过去的两年里,他早经历了好几次这样的远航,心里有底。

到了闰九月九日这天清晨,北岸终于从海平面缓缓浮出。看到这样的景象,全船的人似乎都精神为之一振,纷纷涌向船头,向极北处望去,似乎全然忘记了前方可能的凶险。那北边的岸上有一个移动的小点,直到船只靠近,才发现那是几个壮汉。马扩见到这些人时,着实吃了一惊,原来金人的体型竟真的高出宋人一个头。这时候,船上的人心中的惧怕才重新涌了上来,甚至有了掉转

第七卷　大地裂痕

船头的念头,但恰好这天正刮着猛烈的东南风,致使船速比往常快了不少,还未来得及转舵,那岸上的壮汉已然发现了海上的动静。在这样的情况下,倘若再调转船头,未免显得有些可疑,马政当即下令继续前进,正常靠岸。

船靠上了北岸,长达两个月的浮海生涯终于结束,马政翻了地图,发现这里确实已是金人所辖的地界。但岸上的那些壮汉显然充满敌意,立即冲上前来,迅速将船上的人员全部控制住,马政父子和众人均被缚住双手。在此过程中他们为避免发生流血,按照事先安排,并未反抗。只有高药师在用女真语进行交涉,过了许久,高药师垂下头来,显然他的交涉并没有取得任何成效。

一行人如同流放的囚犯一样被金人带领着向北前行。马扩悄声问走在自己前面的高药师:"你跟他们说什么?他们要带我们去哪里?"

高药师答道:"他们把我们误认为辽国奸细,差点要宰了我们,幸亏我会些女真语,才保住了性命,现在他们要带我们去见他们的首领。"

马扩疑惑道:"既然已经解释清楚,为何还要缚住我们的双手?"

高药师苦笑道:"不晓得,也许这就是女真人的待客之道吧。"

这一路比想象中要艰难得多,几乎横跨了好几个州,没日没夜地行走,就连如厕的时候也不能解开绳子,惹得马政连声骂娘。走了好几日,宋使们几乎都没了人样,满身的秽土,衣服上也尽是些污秽之物。四周是恶劣的环境,可算是真正的蛮荒之地了。

七、梦断幽云

一路上马扩默默计算路程，大约行了三千余里路，马扩已经精疲力竭，但那几个女真人却并未现出丝毫的疲态，这让他不禁暗自惊讶：金人果真如猛虎，可怕！

当行至一个名叫阿芝川涞流河的地方，女真人将他们带入了一栋矮楼之中，这看起来只是寻常的楼阁，甚至有些简陋，但是进去之后却发现守卫森严，可见其中居住之人绝非寻常人。

被带到大堂之上，主座上坐着一个身高九尺的人，想必就是这里的主人，马政料想这可能是金国的某位重要官员或者是王爷。一个女真人在高药师的耳边说了一通，高药师听罢便神色严峻起来，过了许久才哆哆嗦嗦地转达："这是金国君主完颜阿骨打。"

马政起先一惊，但随即就恢复平静，那几个金人带他们行了那么多路，正是为了将这群不速之客带去见他们的最高首领。马扩和呼延庆也都没想到，能那么快就见到完颜阿骨打。只见完颜阿骨打留着八字胡须，面色黝黑，臂长如猿，目光如炬，马政立刻领着众人跪下来行礼。

行礼之际，马扩悄悄地端详着这位金国君主，说实话，虽然双方处于某种敌对状态，甚至一行人的性命都随时可能被完颜阿骨打取走，但此时马扩却没有太多畏惧之情，直觉使他相信，完颜阿骨打不是那种滥杀使者的昏庸暴君。事实上，马扩对于完颜阿骨打这个人，心里还有着三分敬意。

完颜阿骨打似乎是一个天生的英雄，关于他的事迹，马扩早在两三年前就已经有所耳闻，在大宋民间也有一个广为流传的故事。据说当年耶律延禧在松花江上设头鱼宴，完颜阿骨打作为女真部

第七卷　大地裂痕

落的一名首领也奉命参加。酒过三巡后,耶律延禧便提出要女真各部落的首领轮番上台给自己献舞,那些首领们内心虽不情愿,但是迫于他的淫威,只得纷纷从命,上台献舞。但轮到完颜阿骨打的时候,他却断然拒绝。在场的所有人都深感震惊,因为他们都深知耶律延禧性情残暴,要斩杀区区一个女真首领,就像踩死一只蚂蚁一样,眼睛都不必眨一下。一些辽国贵族纷纷劝完颜阿骨打上台献舞,但是他仍然端坐正视着,不愿起身。耶律延禧的脸色逐渐变了,眉间开始现出了一丝怒容。在场的辽人都在心里断定,这个不知天高地厚的女真首领今日恐怕要人头落地了,他们过去见过许多人因小事而被耶律延禧残杀的实例,更何况这次完颜阿骨打抗命绝非小事,这是对堂堂大辽皇帝皇权的蔑视与挑战。可是不知怎么的,那天的耶律延禧竟然破天荒地饶恕了他,留了他一条命。

马扩回想着这个在民间被广为传颂的故事,心中暗自嗟叹:耶律延禧竟然在不知不觉间,给自己留下了后患,如今辽国大厦将倾,其掘墓人便是眼前这位威震四海的金国君主完颜阿骨打。马扩本来料想完颜阿骨打是比耶律延禧更为残暴的君王,却不料他在听说这些人来自大宋后,显得极为彬彬有礼,连忙亲自来给他们松绑。完颜阿骨打在高药师的翻译下,与马政交谈起来。

完颜阿骨打问道:"贵国与我国素无交往,大宋皇上突然遣使来,不知是何缘由?"

马政答道:"建隆年间,贵国常遣使来卖马,渊源久矣。如今陛下攻陷辽国,救天下生灵于水火,我大宋皇上甚是赞赏,欲与贵国交好,合计共伐辽国。"

七、梦断幽云

完颜阿骨打十分喜欢马政这种不绕弯子、直言直语的方式。自从得到宋国遣使的消息的那一刻起,他就大致揣测出了大宋皇帝的用意,无非是想在这重划版图的重要时刻分一杯羹。完颜阿骨打向来对宋国没有什么敌意,甚至还有着几分敬意,他对汉人的文化也深感兴趣。如今,南方天朝大国千里迢迢派使节前来,这让他感到颇为得意。金国建立之初,便已经订立了"南联大宋"的策略,只是一直未来得及付诸实施罢了,没料到宋国率先遣使,这对于金国而言,可以说是求之不得的。但是完颜阿骨打深谙外交策略,不露声色地说道:"我朝很乐意与大宋交好,实乃两国百姓之幸。"他的话说到一半,便没有再说下去,此后便派人给宋使接风,准备晚宴,而只字未提夹攻辽国的事情。这让马政父子感到有些隐隐的不安,他们知道,自己所面对的绝不是一个有勇无谋的人,而是一个既有过人胆识又老谋深算的对手。

宋使在金国的待遇尚可,但远未达到使者应有的规格,许多人都以为这是女真人蒙昧,不懂礼节。马政感觉到这个完颜阿骨打并不简单,不可能对于外交一无所知。

入夜后,马政父子共同商讨下一步的对策,他们都不知完颜阿骨打葫芦里卖的到底是什么药,也不知道前方是坦途还是凶险。

马政忧虑道:"完颜阿骨打此人不可小视,不以外交礼仪接待我们,即便将我们一行人全部诛杀,外人也无从得知,朝廷恐怕也只能以'使者迷失于海上'来处置。"

"父亲的忧虑不无道理,倘若金人无意与我大宋通好,试图独吞辽国疆土,的确有可能下这步棋。"马扩说道,"但是,也有可能是

第七卷 大地裂痕

因为完颜阿骨打心高气傲,故意怠慢我们,试图在谈判之初就占据上风,掌握主动。"

见马政依旧担忧金人下毒手,马扩便继续说道:"既然已经在金人的土地上,如果完颜阿骨打真的起了杀意,我们也插翅难逃,又何必再去顾虑?"马政一想也是,既然已经做好最坏的打算,大可不必杞人忧天,不如趁早谋划下一步该如何斡旋。

马扩接着说道:"正所谓知己知彼,百战不殆,当务之急是要摸清完颜阿骨打真正的用意。"

马政听罢,思忖了一会儿,突然说道:"有了!派高药师去窃听,他懂得女真语,又善于轻功……"

"不妥,这样风险太大了,万一被金人发现我们在他们的地盘上派密探,必然引发事端,到时候完颜阿骨打要杀我们就有了正当理由。况且,说不定……我们的一举一动都在金人的监视下。"马扩望了眼那扇虚掩的窗。

"照你看来,我们已经被软禁起来了?"

"也未必,这只是揣测。"马扩道,"要明了我们的处境并不难,明日派一名信使送信回汴梁,若金人放行,就是我多虑了,但是假如金人不放行,那可就被我言中了。"

翌日,天刚蒙蒙亮,马扩便派信使出城,出乎意料的是,一路上并未遭遇任何责难,每个关卡都畅行无阻,这让马政父子心里的石头落了地,至少一行几十人的性命是无忧了。但是,一连三天,完颜阿骨打都未露面,甚至连完颜宗翰、阿忽等亲信都很少现身。

七、梦断幽云

完颜阿骨打、完颜宗翰的反常举动，让宋使捉摸不透，直到第四天，他们终于出现，并且直接就联合抗辽的提议给出了答复。

完颜阿骨打端坐在位，很有上王之风，还有些许神秘感。完颜宗翰率先开口道："今日请诸位宋使前来，是为了商议结盟之事。"

马政父子方知完颜阿骨打等人是为此事商讨了三天，看来对方确实对结盟之事十分看重。马政想：毕竟大宋泱泱大国，强势的女真人果然不敢怠慢，看来自己之前是多虑了。只是女真人看似豪放粗犷，行事却如此严谨，这倒是让马政有些意外。

完颜宗翰继续说道："我朝同意与贵国共同夹攻辽国。只不过，宋朝所需要的幽云之地，还请自行攻占。"

对于宋使而言，完颜宗翰此言无疑是切中要害的。倘若大宋有能力攻下幽云十六州，恐怕也就没必要绕这么大一个弯来搞什么"海上之盟"了。宋使此行无非是想借金人之力，乘势获利，而完颜宗翰此话一出，等于是一口回绝了宋使的这一诉求。马政对完颜宗翰的话无法反驳，因为一旦对此提出异议，便等于是承认了大宋战力不及，难以自行攻下幽云十六州。沉默良久，马政只得说道："此事还请贵国遣使入宋谈判。"完颜宗翰未作正面应答，望向完颜阿骨打，似乎是一种请示。

这时，完颜阿骨打缓缓起身，尽管这只是个很小的动作，马扩却从中感觉到了凌厉的气势。本以为他会故意责难，将话题引回来，没料到却十分爽快地回答道："好，大宋的使节既然不远万里来出访我朝，我们自然也不可怠慢。我方安排好出使人员，便与诸位一同前往贵国。"

第七卷　大地裂痕

尽管马政与完颜阿骨打的谈话都须经过高药师的翻译,但光听这位金国君主说话的气势,就似乎能够明白他话中的意思。他掷地有声,有如铁板钉钉。

完颜阿骨打当即命人找来一个名叫李善庆的渤海人,其后跟着另两个壮硕的大汉,分别是熟女真散都和生女真勃达。可见他对遣使赴宋之事早有准备,但他还是当着宋使的面向李善庆等人嘱咐了几句,大致是说入汴梁须遵从宋国礼仪,不可有丝毫怠慢。这些话自然是说给宋使听的,真正须吩咐的内容,昨夜早已交代下去。

向李善庆等人说完,完颜阿骨打又转向马政,提出了一个让宋使大为吃惊的要求:"请与郎君随行的六位多留几日,共商抗辽大计。"他的语气十分平缓,但其中却蕴藏着汹涌波涛——这明摆着是要将宋使扣为人质。金使三人换宋使六人,显然是有意的辱没,马政不好发作,也无法拒绝,只得将随行的登州小校王美、刘亮等六人留下。王美等人内心愤愤,但当此关头,只好从命。

李善庆、勃达等人带上国书和貂革、人参等宝物,随马政一行人登上了那艘停靠了好几日的船,起程前往大宋。

汴梁已到了初冬时节,赵佶得到消息,马政一行人受到金国君主完颜阿骨打的接见,已与几位金使一同踏上返程之路。他倍感振奋,结盟女真之事终于在往积极的方向发展,这是一个值得纪念的重大突破。就在十一月初一,他将"政和八年"改为"重和元年",纪念这一全新的开始。

七、梦断幽云

自登基以来,赵佶已经改了四次年号,从最初的"建中靖国",到"崇宁",再到"大观""政和",如今的"重和"已经是他在位期间的第五个年号了。此次改年号源于一位学识渊博的方士的进言,他说:"太宗在做皇上第二十年时,大赦天下以示庆祝,如今皇上您也做了十九年天子了,明年也改元大赦庆祝吧?"赵佶听后大喜,当即决定当年十一月初一就改元"重和"。两个月后,也就是重和二年(1119)的正月,他便迎来了马政父子,金使李善庆、勃达和散都。对于和金使的会面,他十分郑重,既要表现出天朝大国的威仪,又不可让金使产生被怠慢的感觉。金使一抵达汴梁,便入住了宝相院等候接见。在接见金使前,赵佶委派自己最信任的老臣蔡京和童贯,还有一个能言善辩的太监邓文诰与金使商议。

当晚,在商讨以何种规格对待金国的时候,朝中的几位要员分成了两大阵营。一方是以童贯、赵良嗣为代表的,主张大宋也应持国书正式访问金国,并且以国礼对待金国的使节们;而另一方则是以蔡京、赵有开为代表,主张对待金国这种边陲蛮夷,应当要保持天朝大国的威严,不可平等视之。争论主要发生在赵有开和赵良嗣之间,这两人都以自己的三寸不烂之舌据理力争,争论得面红耳赤,而蔡京和童贯则退在一边,相对而坐,表明自己的态度,却极少开口。

赵有开可算是大宋难得的辩才,才识渊博,向来颇受蔡京的赏识,他在短短的几年内连升三级,也是受蔡京多番举荐的结果。对于蔡京而言,以何种礼仪对待金国只是一个微不足道的小问题,但因为对手是赵良嗣,这个由童贯一手提携起来的辽国遗民,这场辩

第七卷　大地裂痕

论就变得重要起来。

李善庆等人受到皇帝的召见已经是第二日的下午，短暂的礼节过后，三位金使便意外地获得了封赏。只听得梁师成用尖锐的嗓音宣读："封李善庆为修武郎，封散都为从义郎，封勃达为秉义郎。"三人受宠若惊，连忙谢恩，尽管这些官职并不大，但却是有全俸的，这对于俸禄极低的金国官员来说，可算是一笔不小的横财。

谢完恩后，李善庆立刻恢复了警惕，在心中理了理头绪。他自幼熟读《孙子兵法》，深知南人狡诈，生怕此番有什么差错，中了宋人的圈套。勃达则没有李善庆这样的戒心，此刻他正看着这堂内的雕饰和瓷器发愣，这等富丽堂皇的场面是他从来都不曾见过的，仅仅是皇帝的一座副殿，就比金国的朝堂要精致得多。

蔡京等人列席，与李善庆、勃达、散都相对而坐，宫女送上水果美酒，会晤便在这轻松的氛围中开始了。皇帝在梁师成的搀扶下从幕后缓缓走出，蔡京等人和金使便一同跪拜恭迎圣驾，皇帝向为首的蔡京使了个眼色，会晤便正式开始。

初冬时节的汴梁别有一番风味，经历了海上漂泊的岁月，马扩终于能得到几天的清闲。近年来他很少来到汴梁，便在这城区内游荡了起来，因常年居于边地，难免有些不习惯，毕竟这里可算是天下最繁华的地方了，而万岁山则是汴梁的中心，可惜一般人不得进入。

马扩在这车来人往的大街上走着，忽然听得一个年轻的声音

七、梦断幽云

唤了一声"子充兄"。马扩循声回头,见一个年纪轻轻的公子哥正向他打招呼,仔细一看才认出来是那阁门祗候刘锜,当即回应了一声,笑颜以对。

刘锜是马扩前两年考武举人时认识的小兄弟,此人年纪尚不足二十,但射术惊人,年纪轻轻就名满天下。马扩对刘锜并不熟悉,只知道他当上阁门祗候,是由于太尉高俅的极力保荐。本来,对于和高太尉沾亲带故的人,马扩是没有好感的,但他对刘锜却并不反感,大概是源于同是习武之人的亲切感。刘锜身上那种初生牛犊的勇气,与他年轻时几乎一模一样。

在他乡闲逛时能遇上相识之人总是件好事,刘锜是汴梁人,为人也热情,当即便拉着马扩,要带他到处游览一番。

"子充兄难得来汴梁,弟弟我可得尽一下地主之谊。"刘锜满脸带着兴奋的笑容,当初和马扩切磋箭术时便对这位精通十八般武艺又侠肝义胆的兄长颇为仰慕,如今有缘再次相交,自然是满心欢喜。

好汉相逢,美酒必不可少。在最有名的御仙楼,二人相对而坐,桌上摆开四大坛仰韶佳酿,俨然一副不醉不归的架势。

刘锜是少年英雄,仰头便大口大口地饮了起来,也许是喝得太猛,不一会儿就脸红脖子粗了。马扩眼见刘锜这年轻人特有的鲁莽,想起了自己当年也如出一辙,不由得感到更加亲切了。

"子充兄此次到汴梁来,是有公事在身?我还以为你正在出使金国。"刘锜边问边给马扩的碗里斟酒。

马扩如实答道:"前日刚从金国归来,护送几位金国使者入宫面圣。"马政父子出访金国之事朝野内无人不知,但他们归国的消息,知道的人并不多。

二人干了一碗酒,刘锜接着说道:"如此说来,朝廷与金国结盟之事已板上钉钉了?"

马扩并未正面回答,事实上他也并不知此事结果如何,便反问了一句:"贤弟以为,与金人结盟可行与否?"

刘锜显然并不想回答这个问题,便举酒道:"兄弟相逢,不谈国事。"他的回避已透露了他的态度,马扩会意,便不再多谈,仰面就畅饮了一大碗。

酒过三巡,刘锜已微醺,不觉间连称呼都变了:"马大哥,弟弟我带你去个好地方快活快活!"刘锜所说的"好地方"自然就是风月场所了,汴梁既是天下的中心,也是佳丽云集的地方,马扩感到盛情难却,便跟着刘锜去了。

那宝琴阁离御仙楼不远,在刘锜的带领下,穿过几条大街小巷,没过多久就到了这个传说中的好地方。宝琴阁外一个眉清目秀的姑娘热情地上来迎客,问道:"二位大哥,爱荤的还是素的?"这是这一行的行话,素菜的意思是卖艺不卖身,荤菜则是卖艺也卖身。刘锜看了看马扩,请他定夺。

马扩精通音律,在男女之事上又有些洁癖,因而不假思索便选了素菜,这让刘锜略有些失望,他也只得跟着听听小曲,继续弄点酒小酌几杯。二人刚自斟自酌起来,便有一阵香风飘入,原来是个歌女抱着琵琶进来,马扩与刘锜立刻精神起来。但见那歌女长着一张西域人的脸庞,双眼如星辰,别有一番韵致。马扩不禁感叹,

七、梦断幽云

到底是汴梁,连女子的姿色都比登州、青州的高出了一大截。

一曲唱罢,乐声暂歇,歌女便过来给马扩和刘锜斟酒,就在这当口,隔壁的乐声隐约间透过这薄墙传了过来。那声音极弱,混杂在各种杂音之中,但马扩却从中听出了一种熟悉的韵味。他仔细地侧耳倾听着,终于听清了这是东坡居士的那曲脍炙人口的《念奴娇·赤壁怀古》:

> 大江东去,浪淘尽,千古风流人物。故垒西边,人道是,三国周郎赤壁。乱石穿空,惊涛拍岸,卷起千堆雪。江山如画,一时多少豪杰。
>
> 遥想公瑾当年,小乔初嫁了,雄姿英发。羽扇纶巾,谈笑间,樯橹灰飞烟灭。故国神游,多情应笑我,早生华发。人生如梦,一樽还酹江月。

刘锜见马扩如此认真地听着隔壁的《念奴娇》,道:"倒不知马大哥如此喜爱东坡居士。"而刘锜怎知,马扩这般侧耳倾听,却不仅是因为这词,而是为了这唱词的声音。听那声音,分明就是那时在登州茶馆里卖唱的商姑娘。这边的歌女见马扩竟听起了隔壁的曲子,觉得面上有些挂不住,说道:"这《念奴娇》,我也会唱,您听着……"说罢兀自弹唱起来。

马扩却全没听进去,突然站起身来,出了屋子,直接来到隔壁屋外,推开了门。屋内的人都是一惊,回过头来,唱曲的姑娘也骤然停下了手中的琵琶,抬起明眸望向马扩。马扩这才发现,那唱曲的只是个陌生的女子,这时候,他才从一种半醉半醒的状态中脱离出来,重新回到了现实中。他向屋内的人致歉,便匆忙退了出来。

刘锜见到马扩如此反常的举动,也立刻跟了出来,问道:"马大哥,这是怎么了?"

马扩尴尬地摆了摆手道:"没什么,只是这歌声像极了我的一位老朋友。"

刘锜微微一怔,而后突然明白过来,笑道:"老朋友,恐怕是红颜知己吧?"

马扩默认,便不再继续应答。

刘锜又道:"不知让马大哥如此牵肠挂肚的女子是什么模样,小弟好生好奇。"

听了此言,马扩又不由得想起了商姑娘的模样,想起了她右侧脸颊上的疤痕。她脸上有痕,但名字却叫"无痕",却不知"无痕"是真名还是艺名?想到这里,他对商姑娘的身世更为好奇了,她就像一个不知来历的仙女,给人一种神秘莫测的感觉。马扩暗自想到,假如来日还有机会再见,一定要弄清楚心中的这些疑问。

2. 替罪羔羊

此时,宫中的会晤也已开展多时,朝廷最终还是决定采纳赵有开的建议,用诏书而非国书,并未将金人放在一个与自己平等的位置上,而这也是在征询了金使李善庆的意见后作出的决定。赵有开在和赵良嗣的争论中占得了上风,使者之位自然非他莫属了,皇帝当下便决定,由赵有开任正使,马政任副使,随李善庆同回金国,

七、梦断幽云

正式就双方联合攻辽之事进行磋商。

商定后,赵有开的脸上露出了得意的神色,看了看赵良嗣。赵良嗣是怒在心里,但外表全然不露声色。对此决议更为愤怒的人似乎是童贯,此时他早就气得一张老脸扭曲起来,对于大宋首次正式访问金国这样重要的任务,由赵有开任正使,实质上就是蔡京的胜利;而联金抗辽这件事,自己和赵良嗣密谋了多年,如今功劳却要被赵有开和他身后的蔡京篡夺了去,无论如何他咽不下这口气。

是夜,童贯在自己的府中大发雷霆,砸烂了不少茶碗。正在此时,他的管家禀告:"老爷,赵良嗣求见。"童贯这才停手,命人引他进来。

赵良嗣弯腰进来,童贯自然也没给他什么好脸色,一言不发。赵良嗣看到这满地的茶碗碎渣,知道童贯发了一大通脾气,便道:"大人息怒,这正使之位,下官无论如何也得争回来。"

童贯鼻腔里出了口气,道:"争回来?你拿什么去争?皇上已经决定的事情,怎么可能改变?"说完,他抬起头看了看赵良嗣,见他满脸认真的神情,绝不是在说戏言,莫不是真有什么好的法子?

这时赵良嗣缓缓说道:"下官是大人一手栽培的,对于这件事情,下官的心里比大人更憋屈。不过,任何事情都有解决的法子……"赵良嗣凑上前去,在童贯的耳边轻声地说了几句。童贯突然神色大变,由怒转惧。

许久,童贯说道:"此事若是走漏风声,你可是死罪。"

赵良嗣平静地说道:"大人请放心,这事绝对能做得神不知鬼不觉。此番为了夺回我们多年的成果,值得一试。"

第七卷　大地裂痕

原来,赵良嗣的提议便是杀赵有开而后快,他从江湖郎中那儿得到一种神奇的毒药,服下后可潜伏十天半个月,才毒发身亡,将此毒药用在赵有开身上,待赵有开出访后毒发身亡,便可免除自己的嫌疑。这时候,连一生杀人无数的童贯竟然也对赵良嗣有些忌惮起来。几乎是想也没想,童贯就断然否决道:"此事万万不可,谋杀本国使节,你就是有九个脑袋也不够砍的!"

见童贯反应如此激烈,赵良嗣只得悻悻地退下了。他感到困惑的是,童贯杀人向来不手软,怎么这次就不敢了呢?他怎么也想不明白。

十日之后,登州口岸。短短一两年间,这里已经成了大宋外事活动的重要地点。从最初高药师等辽国遗民到其后的马政父子,如今,宋金之间最为正式的外交往来即将从这里开始。

在这个阳光明媚的日子,赵有开换上了一身格外显眼的装束,他的得意就这样毫无保留地写在脸上。毕竟,能在这样的历史节点上担当如此至关重要的角色,这并不是谁都能有的殊荣。此时迎风站在海岸边,他的嘴角浮现出一丝笑意,暗想:这个英雄,非我赵有开莫属!

赵有开的身后站着马政、王瓌以及金使李善庆等人,王师中照例来到口岸送行。

赵有开迈开大步,郑重地踏上了船,马政、李善庆等人紧随其后。赵有开站在船头负手而立,面向岸上的王师中,挥了挥衣袖。而此后的一幕却令所有人咋舌,赵有开舒缓的神情突然变成了极

七、梦断幽云

度惊惧和痛苦,岸上的人眼睁睁地看着他从船头上直挺挺地跌落下来,坠入海中,岸上和船上的人见这突如其来的异状,都乱作一团。

马政首先跳入海中,岸上的王师中也立刻派了几个通水性的军士下水救援。近岸的海水不深,没过多久,赵有开就被救了上来,但当马政一摸他的脖颈,顿时心下凉了一大截——赵有开竟已断了气!

王师中听马政这么一说,差点没吓死。他走上前,颤抖着手亲自探了探赵有开的鼻息,已没有一丝气息,但王师中仍然不敢相信赵有开已死,高声喊道:"快,找医官来。"船上的金使李善庆、勃达等人这才回到岸上,还没从这突如其来的变故中缓过神来,纷纷凑上前来一探究竟。

"没用了,赵大人已仙逝。"马政道。但依旧没人能想明白,这活人怎么就在转瞬之间成了死人呢?落水才这一会儿的工夫,赵有开必定不是溺亡的。

登州府的医官很快便赶来,他蹲下身,只是翻了翻赵有开的眼皮,便转身向王师中摇了摇头,确认为"暴毙"。

赵有开猝然离世的消息很快便传到了汴梁,因为这一突然的变故,宋使出访只得暂时搁置。童贯在自己府内得知赵有开的死讯,还是心下一惊,心想赵良嗣这小子还真敢做,当即命人道:"给我把赵良嗣找来!"童贯的心中满是怒气,赵良嗣这次是吃了熊心豹子胆了,他童贯一生虽是杀人无数,但杀的不是战场上的仇敌,

第七卷 大地裂痕

就是些名不见经传的小喽啰,这回赵良嗣杀的可是皇帝钦定的海上之盟的正使!万一这事被追查出来,自己铁定也逃不了干系,朝野上下谁都知道赵良嗣是他童贯的人。

赵府和童府相距不远,赵良嗣不多久便赶了过来,还没来得及行礼,就看到童贯怒目圆睁着喝道:"混账!看看你干的好事!"

赵良嗣吓得立刻跪倒在地,以前从未见过童贯如此盛怒,他知道这次是摊上大事了。赵良嗣颤颤巍巍道:"大人息怒,如此大动肝火,不知是何缘由……"

童贯怒拍了下桌子,道:"咱家没料到,你还真敢杀赵有开!"

赵良嗣听了这话后,不解地问道:"什么?赵……赵有开死了?"

童贯又怒道:"你还胆敢不承认?不是你还会是谁干的?"

赵良嗣伏地叫道:"大人冤枉啊,人不是我杀的,大人上回都严令制止了,我怎敢轻举妄动?"

童贯见赵良嗣满脸的冤屈,似乎看起来不假,但仍然没有完全相信他,便试探着说道:"够了,如若真是你杀的,在咱家面前也不必再装!现在承认,做善后还来得及。"

赵良嗣一口咬定人不是他杀的,道:"大人,这人的的确确不是我杀的,您要我怎么承认?以往我要动任何一人,都是要大人认可才敢动的啊!"

赵良嗣这话倒是不假,这些年来,他对于童贯的命令从来不敢违抗,可以说是比童贯自家的狗还要顺从,以他的个性,杀人这档子大事的确不敢擅作主张。这时候,童贯对赵良嗣的话是有些信

七、梦断幽云

了,便说道:"你起来吧,咱家暂且信你一回,但如若人不是你杀的,那又会是何人所为?"

赵良嗣答道:"赵有开为人尖刻,仇家无数,能想到的人可太多了,下官不敢妄自猜测。"童贯一听,倒也属实,那赵有开的一张嘴可是他的利器,却也给他树了不少敌人。

赵有开之死也惊动了皇帝,他特地派汴梁的仵作前往登州查明死因。几日之后,仵作的信件到了,证实赵有开暴毙是由于突发的恶疾,而非死于谋杀,这回童贯才真的确定了赵良嗣是无辜的。

赵有开死后,皇帝便立刻开始重新寻觅访金的使臣,继续推进海上之盟的计划。是夜,他将童贯和蔡京一并召来,商讨使金之事。在童贯看来,赵有开一人之死,不可能阻碍皇帝的全盘计划,估计这回正使的位子自然而然地也就落到了赵良嗣的头上,蔡京在这件事上也不可能有什么作为了。

蔡京一到,便说有要事禀告,只见他谨慎地从袖中取出一张卷起的黄纸,缓缓展开,呈递给皇帝。皇帝接过纸来一看,脸上就变了色,然后将黄纸揉成团掷在地上,怒道:"女真人竟出尔反尔!"

童贯上前,捡起地上的纸团展开,上面写的是一句谍报,称金国君主完颜阿骨打接受了辽人的封地及东怀王的封号,欲与辽国重修旧好。也难怪皇帝龙颜大怒,假如这消息是真的话,那完颜阿骨打简直是在愚弄大宋。童贯当即表示怀疑:"不知此消息从何而来?是否可靠?"

蔡京反驳道:"公公与我共事多年,可曾见我得过误报?"童贯

第七卷 大地裂痕

一听,一时语塞。想想也是,蔡京此人心思缜密,异于常人,他确信的消息应该不会有错。这时,皇帝说道:"这上面封地封号都写得清清楚楚,想必不是空穴来风。"见皇帝深信不疑,童贯便也不再多言,退到一边。他默默想到,这海上之盟可算是命运多舛,接二连三碰上大麻烦,这一次,恐怕又要被搁置起来。

没想到皇帝旋即又对童贯说道:"命人持登州牒文,送金使归国。"童贯遵命,但内心隐隐觉得不妥,这外交文书级别一降再降,对于完颜阿骨打而言,分明是一种羞辱,可以说,这比搁置海上之盟更加不妥。正当童贯准备进言之际,皇帝却面带倦意地摆了摆手,向后殿走去。

送金使回国的差事这次落到了呼延庆的头上。呼延庆是名门之后,不缺英雄气概,但是毕竟年轻。当他陪同李善庆等人一同面见完颜阿骨打的时候,金国君主便感到不满起来,宋国竟派这么一个嘴上无毛的年轻人来,带的还是地方级的牒文,分明是没把金国放在眼里。当完颜阿骨打听说李善庆、散都、勃达擅自接受了宋朝的官职,更加怒不可遏,当着呼延庆的面,便要发作。

完颜阿骨打怒道:"来人,将这三人吊起来!"

他身边的壮汉随即上前,将李善庆等人摁在地上捆扎起来。李善庆心知闯了大祸,大气不敢喘,散都和勃达还连连发出无用的求饶。三人被剥去了上衣,以一种十分狼狈的姿势被吊到了梁上,像是三头待宰的肉猪。完颜阿骨打大手一挥,几名壮汉便开始用鞭子猛抽起来。三人发出撕心裂肺的吼叫,这叫声越来越惨烈,但

七、梦断幽云

完颜阿骨打似乎仍然没有要停手的意思,一直到三人的声音逐渐变弱直至昏死过去,他才示意解开绳子。那三人被放下后便像是三头死猪一般被拖到后殿去了,在地上留下三条深深的血痕。

呼延庆始终站在一旁,看在眼里,心知这也是完颜阿骨打给大宋的警示,但他脸上丝毫未变色。完颜阿骨打见这番大动干戈似乎没能威吓住这位年轻的宋使,索性话锋一转,直接斥责起来:"宋国特使此次访金携登州牒文,未免也太不把我女真人放在眼里,这岂是大国该有的礼数?"事实上,呼延庆从心底里也赞同这话,对朝廷这样的安排他也感到疑惑不解,既然皇帝真心实意要与女真人结盟,又为何会如此失礼。不过,在完颜阿骨打的面前,他只好使尽浑身解数为大宋的失礼寻找理由。

"天有不测风云,先前所委派的使者赵有开,临行前不幸去世,朝廷尚来不及更改文书。"呼延庆信口说道,"这权宜之计,也是经过了李大人认可的。正式的外交文书,来日我朝必会补上。"

完颜阿骨打老谋深算,自然不会被这看似轻描淡写的借口给糊弄过去,但却并没有表现出震怒,而是意味深长地说:"既然贵国尚知礼节,那我金国也不能失了礼,来人,送宋使去住处歇息,好生款待!"

呼延庆一听这语气,心下暗暗叫苦,这明摆着就是要被软禁了。果然,完颜阿骨打身边的几个侍卫走上前来,生拉硬拽地将宋使"请"出了门外。

八、内忧外患

1. 屈辱外交

赵佶站在案前,正运笔如飞,蔡京前来面圣,只得站在一边,不敢打扰。他专注地在宣纸上勾勒着什么,看起来极为小心翼翼,好像生怕有丝毫差错。蔡京在旁屏息凝神,直到见皇帝搁下了笔,才敢上前一看。

画上描绘了一个听琴的场面,一人正在抚琴,另有三名听者,侧坐在前,凝神静听。蔡京见了此画,由衷赞叹道:"臣初见此画,似听到琴声绕梁,实在是妙!"

皇帝一听,很是高兴,说道:"爱卿真可算是朕的知音了,不但懂得观画,还懂得听画。"

二人便开始口若悬河地聊起琴棋书画,蔡京本欲启奏的消息也被抛到了九霄云外,过了好久才想起要上奏的事:"皇上,臣今日得谍报,金国正意图起兵攻打上京。"

皇帝一听心中一惊,道:"完颜阿骨打的胃口真是不小,依你

八、内忧外患

看,这辽人可还有生路?"

蔡京沉吟道:"辽国恐怕是凶多吉少了……"皇帝向前踱了几步,蔡京也跟了上去,说道:"皇上,若是这上京被攻破,金人可就要吃独食了。"

赵佶当然意识到了这一点,但是金人扣押宋使之事却让他耿耿于怀。呼延庆在金国被软禁了数月,音信全无,金人也没有半点要放人的意思,这让赵佶觉得简直是奇耻大辱,与金国的关系便也就此陷入僵局。

"依臣所见,在这个节骨眼上,不如与金人修好,正好也可要求他们放人。"蔡京说道,而这其实也正是皇帝此刻所想。蔡京深知,迫切收复幽云的皇上,是怎么也不甘将失地拱手让人的。

皇帝说道:"好,既然如此,让王瓌书信斡旋,催促金国放人。"

呼延庆等人在金国滞留了整整半年后,终于被放回,他们出使时还颇有天朝使节的风度,离开时却极为狼狈。因为生怕金国君主反悔,他们只得连夜奔驰,终于离开了这个可怕的地方。这几个月来,呼延庆可算是饱尝艰辛,过着提心吊胆的生活,原本俊俏的脸,迅速地干瘪下去,像是老了十岁。见到王瓌的时候,他激动得差点流出泪来,随行的几人也是惨不忍睹,手脚开裂。更冤的是,朝廷似乎并没有就他们的遭遇责问金人,而是轻描淡写地过去了。此次让金国放人,无非也只是为了缓解与金国的紧张关系,重建海上之盟。

这些事情呼延庆都已看透,回到汴梁面圣的时候,也没有说太多话,只是转交了皇帝最为关心的金人的书信。皇帝接过呼延庆呈上的书信,急切地读了起来。

那信上大致说的是金国与辽国讲和不成,希望宋国一方也勿再向辽国求和。信的结尾,六个大字迅速跳入皇帝的眼中:"已起兵攻上京。"这证实了蔡京的谍报,看到这几个字,他便再也坐不住了,不由得站起身来。

一旁的童贯甚是关心信上的内容,便上前将信接了过来。皇帝缓缓说道:"金人果然已经出兵攻打辽国上京,如若被他们率先占得幽云之地,再要回来恐怕就难了,到时候,我大宋又将陷于失却屏障的境地。"

童贯看完信,接话道:"皇上,完颜阿骨打既然特地将进攻上京的消息告知我方,看来是有意与大宋结盟,不如借此机会与金人协商,合攻辽国,收复幽云。"

皇帝等的就是这句话,立刻说道:"好,既然金人诚心结盟,朕也不妨一试。"在一旁的呼延庆等人此时露出忧虑的神色,好像极度担忧这差事再次落到自己的头上。与他们形成鲜明反差的则是站在童贯身后的那个人:赵良嗣。

这回,赵良嗣终于被推倒了台前,这一天他已经等得太久,当年在卢沟桥夜会童贯的时候,他的心里就已经开始了这漫长的准备,只是一直未能得偿所愿,如今,这一夙愿得以实现。金人如今已经是箭在弦上,不得不发,在此紧要关头,大宋能否得以入盟就全看这次的斡旋了。皇帝能将此大任交给赵良嗣,自然是给了童贯面子,但同时也对赵良嗣的外交才干深信不疑。

赵良嗣站在登州口岸,那个赵有开突然暴毙的地方,心里百感

八、内忧外患

交集。他竟还有些感激赵有开,若不是他的死,自己也难以成为这重大历史时刻的主角。与赵良嗣同行的还有忠训郎王瓌,他们一行浮海北上,为大宋要回幽云十六州去做最后的外交努力。赵良嗣在内心暗想,倘若这次能顺利完成任务,太祖、太宗在战场上怎么也夺不回来的地方,自己凭借三寸不烂之舌就拿下了,那可真是功勋卓著、流芳百世了。

在海上就这么漂了半个多月,船终于到了口岸,没想到一登岸他们便被几个女真小卒子给扣下了。情急之下,赵良嗣向女真人解释说自己是宋国派来买马的官吏,这才被放开,那小卒子道:"现在要找皇上,恐怕得要去辽国上京了。"说罢,向着南边望了望,好像在用目光为宋人指路。

赵良嗣一愣,没有想到金人的铁蹄竟如此之快,完颜阿骨打竟会御驾亲征,看来金人这次是非要把上京拿下不可了。赵良嗣一行便追随着金人的踪迹寻找完颜阿骨打的驻军处。谁知道金人所向披靡,势如破竹,直接分三路,兵临城下,把那上京围得水泄不通。

就是在这上京城外的青牛山,赵良嗣终于看见了身披战袍的完颜阿骨打。他看起来心情极佳,热情招呼赵良嗣和王瓌,请他们一同见证上京易主。赵良嗣远眺着即将沦陷的上京,心里竟产生一丝悲凉,有那么一刻,他想到,如果被围的是大宋的京城,又将会如何,但他没有敢继续想下去。

上京城中的辽军似乎已经全然丧失了斗志,看着金军如蝗虫般从四面八方涌来,破城的结局已经不可逆转。城墙上的箭零零

第七卷　大地裂痕

星星地飘落下来,软而无力。金军挥刀一挡,箭便掉落在地上。完颜阿骨打在自己的帐中观赏着这一切,愉悦地向身边的赵良嗣说道:"都说契丹人骁勇善战,遇上我大金国,怎么就成了绵羊?"说罢,哈哈大笑起来,赵良嗣毕竟曾生长在辽国,此刻对辽人产生了一丝恻隐之情,眼见城中的辽人已经丧失了斗志,像是没了根的树木,一碰就倒。

金军开始撞城门,每一声撞击声都如洪钟一般,响彻云霄,辽人在城内束手无策,连城墙上的弓箭手都消失无踪了。城门被撞击出一个缺口,最后迅速裂开,轰然坍塌。金军一拥而入,像是野兽在啃食猎物一般将上京吞噬,没过多久,四个城门均已洞开,金军将领举着守城官吏的首级,出现在了城楼之上。百年辽国的上京就这样易主了,在赵良嗣的眼里,金军的攻城似乎轻而易举,辽国强大善战的形象轰然倒塌。赵良嗣这样想着,但随后又一转念:也许并非辽人太弱,而是因为金人太过强大。他看了眼完颜阿骨打如猿般的身躯,心中的恐惧便立时涌了上来。

看着上京土崩瓦解,完颜阿骨打眉开眼笑,命人取酒来,豪饮了三大碗,然后披褂,准备在将士的簇拥下进入上京。此时,他不知是有意还是无意,将赵良嗣等人忘在了身后。完颜阿骨打率领众人涌下山去,准备接管这块由辽国统治了百余年的土地。

上京会宁城门洞开,金军见完颜阿骨打来了,立刻欢呼雀跃起来,辽国的降将们灰头土脸,也跟在后面喊着。只是因为语言不通,场面显得有些滑稽。金军将领向完颜阿骨打请罪道:"末将未能找到耶律延禧,恐怕他已经跑了,请皇上降罪。"

八、内忧外患

完颜阿骨打手一挥,道:"何罪之有? 那耶律延禧听闻我大金前来攻城,必定闻风丧胆,恐怕十天半个月前就逃之夭夭了。"

身边的几个将士一听,纷纷表示要去追击耶律延禧,但完颜阿骨打却道:"不急于这一时,耶律延禧逃不出我们的手掌心。"说罢仰天长笑,无比豪迈。

完颜阿骨打似乎并不急于追击耶律延禧,对于辽国这块肥肉,他要慢慢地享用。当晚他便在上京的宫殿里欢庆起来,而赵良嗣和王瓌等人便被安置在了皇宫附近的会宁府中,这与当初马政父子在金国的待遇如出一辙,一连几天没人搭理。赵良嗣和王瓌都是头一遭面对完颜阿骨打,完全没弄明白状况,还以为完颜阿骨打大战告捷,忙于庆贺,把正事给忘了。事实上,完颜阿骨打对于宋国此次遣使可是极为重视,一连几日与智囊商议。完颜阿骨打虽为金人,对中原文化却是十分景仰,同时,他对宋国这一天朝大国的实力也不敢小视,宋辽之间有百年的盟约,倘若宋国对辽国进行支援,那吞灭辽国的计划恐怕就没有那么容易实现了。所以与宋国结盟是他早就在心里打定了的主意,但在他看来,汉人狡诈无比,与之交往凡事须小心谨慎。他熟读《孙子兵法》,就是为了不要在与宋人的外交上吃亏。但是,完颜阿骨打显然是高估了赵良嗣等人。

宋使在上京会宁府滞留了多日,终于获得召见,入宫面谈。赵良嗣和王瓌心怀忐忑,进入这辽人丢弃的宫殿,面见完颜阿骨打。

完颜阿骨打一开始便搪塞了一番:"大战初捷,忙于整军,有所怠慢,还望见谅。"赵良嗣见金国君主如此有礼,竟有些感动,连忙

第七卷　大地裂痕

说了一大堆恭敬的话。

"对于贵国结盟之事,不知大宋皇帝有何新的高见?"完颜阿骨打问道,言语中透露出些微的不满,似乎还是对当初呼延庆带地方文书出使之事耿耿于怀。

赵良嗣此次出使之前,便已经得了皇帝的重要旨意:"与金人合盟攻辽,以燕地归我。"

在完颜阿骨打面前,赵良嗣便将皇帝的话原原本本地说了出来。在听到"以燕地归我"之词时,完颜阿骨打微微皱了皱眉,而后又迅速舒展起来。

完颜阿骨打说道:"如若我大金先攻得燕京一带,也须拱手送给贵国?"他的这个提问,赵良嗣早有准备。从先前金人的态度来看,显然是想"先到先得",若是不给他们一点好处,要让他们让出这块地,肯定不是一件易事,为此,皇帝早已有所交代。

赵良嗣依照皇帝的意思答道:"燕地归我之后,我国每年付辽国的五十万两岁币,将转赠予贵国,以示长期交好之诚意。"

完颜阿骨打听罢,看了看身边的完颜宗翰,两人对了个眼色,随即完颜宗翰向赵良嗣道:"大宋若是必取燕京一带,那贵国攻下的辽国城池应当归我。"阿忽随声附和道:"不错,如此堪称公道。"

赵良嗣对此也早有准备,对于皇帝而言,取下幽云之地才是重中之重,至于其他城池则无关痛痒,更何况大宋也未必会尽全力攻城拔寨,所以赵良嗣几乎是不假思索地表示同意。完颜阿骨打见宋使没有异议,便命人草拟文书,与赵良嗣共同订立了盟约。

在赵良嗣看来,事情似乎比想象中顺利太多,本以为完颜阿骨

八、内忧外患

打会提出增加岁币的要求,赵良嗣还在心里做好了增加十万两岁币的准备,没想到完颜阿骨打竟然连提都没提,就爽快地签字画押了。此刻在心里暗笑的却不止赵良嗣一人,完颜阿骨打和完颜宗翰等人同样窃喜着,暗中嘲笑赵良嗣的愚蠢。

原来,赵良嗣一心想着"以燕地归我",却一不小心坠入了金人布下的陷阱里。辽国"燕京一带"的范围其实早已不同于五代时期,当年后唐失去的山后之地平州、营州、滦州等地如今已不在"燕地"的范围内,金人可以名正言顺地据为己有。

直到完颜阿骨打命人呈上地图的时候,赵良嗣才意识到这一点,看到完颜阿骨打等人胜券在握的神色,才知道自己上当了,连忙说道:"山后之地自五代时期便属于燕京,理应归我大宋。"

完颜阿骨打自然不会理会赵良嗣的要求,摆了摆手道:"那都是百年前的事情了,辽国的地图上都画得清晰明了,还有什么好多说的?"完颜阿骨打的话像是一记耳光,狠狠地打在赵良嗣的脸上,看着眼前白纸黑字的盟约,他感到天旋地转起来,愣在原地,迈不开步来。

完颜阿骨打说道:"盟约已定,不可更改,我军将往西京追捕耶律延禧,希望大宋能够依约行事,起兵响应。"说罢,完颜阿骨打便起身离开,将宋使远远地留在了身后。

赵良嗣在两百骑兵的护送下回国,正愁着回去怎么交代,却被后方追来的一人一骑阻住了去路。那人极其精壮,一看就是女真人,他坐在马上,对赵良嗣喊道:"宋使请留步,皇上又有要事相商,

第七卷 大地裂痕

请跟我来。"赵良嗣不知道这完颜阿骨打葫芦里卖的什么药,但心里却还抱有一丝希望,想再为"取燕地"之事争辩一回,便立刻下令调头,跟着这名骑兵,前往完颜阿骨打最新的驻地。

经过了几天,完颜阿骨打的大军已经从上京转移到阿木火。相比几日前,他的脸上生出了大片凌乱的胡须,粗犷如野人,一看就是做好了要大战一场的准备。见赵良嗣被乖乖地召了回来,他很是高兴,宋使如此温顺,这意味着他可以以居高临下的姿态来面对大宋国的使者。

完颜阿骨打表面上仍然谦恭:"请宋使从几百里外折返,真是有劳诸位了。"

赵良嗣也客气了一番,随后问道:"不知国君还有何吩咐?"

"夹攻西京之事,恐将暂缓。"完颜阿骨打顿了顿道,"西京近日爆发牛疫,保险起见,想与宋使协商再议夹攻日期。"

赵良嗣心里清楚,完颜阿骨打将自己召回,不可能只是为了这么一件小事,必定有更深层的意图。但他仍没有猜透这一点,也不再费心去猜测,仍然一心想着怎么讨回平、营、滦三州,他试图作最后的据理力争:"平、营、滦三州,为中原要塞,对我大宋至关重要,希望国君……"赵良嗣的话说到一半,便被完颜阿骨打的拍桌声打断。这位金国国君一听到这个话题便露出了怒容,向一边的杨朴示意,好像自己已经懒得对此事作出回应。

杨朴走向赵良嗣,说道:"国君已经说得很清楚了,盟约已定,不可违反,还望宋使不要再提讨回平、营、滦三州的事情,以免伤了两国的和气。"金人把话说到了这个份上,赵良嗣只得闭嘴,打消了

八、内忧外患

这个念头。

完颜阿骨打从鼻孔里长长地出了口气,好像在平复自己的情绪,随后说道:"双方订立的海上之盟,白纸黑字自是不能再更改,不过有些条款,尚需作补充说明。"

赵良嗣在心里暗骂完颜阿骨打是只奸诈的老狐狸,但也只得连连应声,毕竟人在屋檐下,不得不低头。有了上回的教训,他格外小心翼翼,生怕完颜阿骨打又在言辞之间设下埋伏。而事实上,这回完颜阿骨打关心的只是明确边界,他已经命人用汉文草拟了文书。赵良嗣接过一看,发现上面书写的大致是限定双方的边界,宋军不得逾越松亭关、古北口、榆关之南。有了之前盟约的内容,眼前这几条再合理不过,赵良嗣实在是无从反驳,只得又一次提笔签字。

赵良嗣算是完全定下了皇帝日思夜想的海上之盟,只是出现了意料之外的偏差。他心中惴惴不安地再次踏上了回程之路,想着如何尽最大可能掩盖自己的失误。

过了两个多月。

在汴梁,马政父子依然保持着待命的状态,此前,马政已经被升迁为文州团练使、武显大夫,却始终未被委以重任。这时候,他听闻赵良嗣已经回到汴梁,宫中却并未传出有关海上之盟的任何消息。马扩推测,这赵良嗣恐怕是出了什么岔子,倘若一切顺利的话,朝廷早就该大张旗鼓地宣扬了,总之绝不会是现在的局面。马政抱有同样的疑惑,多次试图打探一点消息,却一无所获。

第七卷　大地裂痕

马扩此时只想着尽快回青州,这汴梁狭窄的街市和局促的楼阁都让他有点闷坏了,偶尔也与刘锜相约去饮酒,但汴梁的酒似乎也不及青、登二州的酒来得美味。马扩不想充当什么使者,而且在他看来,皇帝早已把他们父子遗忘了,不如马上回家。就在这个时候,皇帝的号令却突然到了,让马政父子前往童贯府上。

原来,金使抵达大宋后,赵佶便亲自接待,夜夜设宴,还请他们到大相国寺和太乙宫等处烧香,今日又在童贯府上设宴款待。马政父子赶到的时候,皇帝、童贯和金使已然欢聚一堂,准备开席。马政父子上座后,皇帝便宣布开席。

金国使者撒卢母满面笑容,毕竟在这里受了多日款待,像桌上这些菜式,他在北国是极少有机会见到的,更别提品尝了。这几天,他几乎天天吃着这些人间美味,也看遍了这繁华富足的汴梁,心中对大宋充满了向往。此前他在金国便见过马政父子,立刻便认了出来,举杯道:"二位马人人上回来我大金国,实在有所怠慢,失礼失礼!此次前来,我必请求皇上拿出最好的酒菜招待二位。"马扩心想,果然不出所料,皇帝又要派他们父子二人随金使前往金国,又看了看一旁的赵良嗣,他似乎有些灰头土脸,莫非这盟约未能达成?

赵佶向马政道:"你们二位此次持国书,随金使同往,商谈约期共举之事。"

马政父子遵命并接过国书,马扩方知海上之盟已经达成,却仍未明白此行的目的,直到此后从赵良嗣和金使的对话中,才隐约知道了大概。原来赵良嗣在与金人订约的时候出了失误,失了平、

八、内忧外患

营、滦三州,而这恰恰是大宋江山得以稳固的关键之地。马扩在心里暗骂赵良嗣糊涂,却也深感金人狡诈——若是换作自己,恐怕也难以识破其中的诡计。

宴后,皇帝和童贯将马政留下,交代出使事宜,由赵良嗣和马扩送金使回去。

马政直到深夜才回府,等候多时的马扩见父亲归来,连忙迎上去,问道:"父亲,皇上有何旨意?"马政苦笑道:"估计你也猜到了,此次前往女真,无非是让我们再与完颜阿骨打交涉山后之地,此事……恐怕不好办啊。"

"岂止不好办,简直难于登天!"马扩坐下道,"金人给赵良嗣下套,显然是有意为之,如今白纸黑字,又怎么可能推翻?依我看,完颜阿骨打可能连交涉的机会都不会给我们。"

马政道:"此事虽然棘手,我们为人臣的也只能全力以赴了。"

九月二十日,马政父子携国书与事目随金使撒卢母离开汴梁,再次踏上了前往金国的路途。此前,皇帝曾遣使赴金,但从未以国书为外交文书,马政父子此番使金的重要程度可想而知。

在汴梁蛰伏了数月,终于被委以重任,马政的脸上挂着些快意,相比之下,马扩却神色凝重,对此次要回山后之地的任务毫无把握。更重要的是,他对于宋廷指望完全依靠金国来夺取幽云的意图感到极其失望。不消说,大宋在结盟之事上已然处于十分被动的地位。在两个月零九天的海上航行中,马扩还隐隐感觉到金人对宋国已经不再有当初对天朝大国的敬仰,反而不时地摆出一

第七卷 大地裂痕

副居高临下的姿态。

马政一行人随金使来到了完颜阿骨打在涞流河的居所,先是见到了完颜宗翰,得知完颜阿骨打外出打猎,便随完颜宗翰来到了书斋稍作等候。马政父子在书斋等候之时,发现这位马背上的金国君主竟也开始舞文弄墨,尽管所作书法不敢恭维,但画作却颇有些形态,大多是些雄浑大气的猛兽图。

不久完颜阿骨打打猎归来,见到马政父子,如同见到老友一般高兴,道:"二位马大人,好久不见!"马政父子向完颜阿骨打请了安,便随他一同入座。

马政命人向完颜阿骨打呈上国书,道:"此为国书,请君主过目。"

完颜阿骨打先前对于宋国使用地方文书之事甚是不满,这时候便不无奚落地说道:"大宋皇上这回终于舍得发国书了。"他在案上摊开国书,便翻阅起来。

这国书上所写的内容,正是关于"燕云之地"范围的争辩。再次提及了五代十国时期,平、营、滦等地的归属,并以委婉的言语向金国提出更正海上之盟中关于燕地范围的界定。

完颜阿骨打看到这里,不由得皱起眉头。在他看来,宋人这种反复的交涉,无异于乞讨。这一次,他干脆用强硬的措辞把话说死:"请转告大宋皇上,平、滦、营三州不系燕京所管辖,白纸黑字的盟约亦不容儿戏,如若贵国仍一再要求取平、营、滦地区,实在是辱没了大宋天朝大国的威仪。"

马政听完颜阿骨打这么说,便也不敢再言,正如同马扩所预料

八、内忧外患

的那样,完颜阿骨打连斡旋的机会都没给他们。宋使此行的首要任务便就此宣告失败。完颜宗翰见完颜阿骨打面有怒容,便想要暂停会晤,道:"皇上刚打猎归来,宋使也舟车劳顿,不如先去歇息,择日再商议要事。"

马扩连忙接道:"完颜宗翰大人所言甚是。那我等就先退下了。"

待到宋使离开,完颜阿骨打便向完颜宗翰抱怨道:"宋人想要不费一兵一卒就得到整个燕云重地,这如意算盘未免打得也太好了。等到来日我灭了辽国,区区宋国,必让它向我俯首称臣,明日就将这宋使遣返!"

完颜宗翰向来对宋国怀有崇敬之心,见完颜阿骨打对宋国生出了轻视之心,连忙进言道:"皇上,依臣愚见,宋国百年强盛如此,必然有雄厚的兵力,现在恐怕是有所保留,不如让宋使稍留几日,探探虚实。"

完颜阿骨打思忖片刻道:"好,我倒是要好好试一试宋人真正的能耐。"

2. 马扩试身手

两日后,完颜阿骨打率女真各部首领去荒郊"打围",他特地叫上了年轻的宋使马扩。马扩欣然赴约,他毕竟是个习武之人,对他而言,坐在庙堂谈判,实在不如到野外驰骋来得痛快。

完颜阿骨打围猎的军马排成单行,长达一二十里,颇有点御驾亲征的意思。待到军马形成包围之势,他便树起旗帜,开始围猎。

第七卷　大地裂痕

金人的围猎看似游戏,实则包含了兵家的阵法。完颜阿骨打率先射出一箭,林中野兽仓皇奔逃,顿时乱作一团,四周骑兵便纷纷射箭,而由圈外向内横冲的野兽,则由主将施射。

马扩站在一旁静静地看着,只见围猎的队伍越围越紧,射出的箭雨越来越密,被困其间的野兽,从一开始横冲直撞、奋力抵抗到后来中箭、在原地哀号,只不到一盏茶的工夫,原本充满生命力的兽群就全军覆没了。

一连几日,马扩随完颜阿骨打从涞流河出发一路行了五百多里,这一路上尽是荒原,极少有人居住,金人便在这野外就地围猎,以供食用。金人此行的目的,当然是要试探一下马扩这个宋国武举人有多少能耐。但是这几日,马扩只是作为宾客在一旁参观打围,未曾发过一箭,金人看不透马扩究竟是露怯还是保留实力,便决议要试试他的身手。完颜阿骨打见完颜宗翰与马扩相交甚好,便把这个任务交给了他。

一日,完颜宗翰与马扩并肩而行,便假装随意地说道:"马老弟,我素闻宋国重文轻武,文士都是满腹韬略、深谋远虑,相比之下,武将的水准大不如前朝,不知此话是否属实?"

马扩知道这是完颜宗翰刻意所问,当即回答道:"大宋绝非重文轻武之邦,只不过和平年代,讲求韬光养晦,我朝的文士当中有许多都是文武双全的精英。"

完颜宗翰听罢,忽然将自己背上的弯弓取下递给马扩,说道:"老弟是宋国的武举人,想必射术也是一流,不如露一手让我手下的这些弟兄开开眼。"

八、内忧外患

"在下的这点三脚猫功夫,就不在这里献丑了。"马扩连忙推辞道,"大宋的武举人考试以文为主,武功的考核只是走过场。"马扩假装露怯,实则是一种策略,他刻意将自己降到一个很低的位置,以便让完颜宗翰相信,大宋人才济济,自己在武功方面只是个小人物。

完颜宗翰当然不会就这么放过马扩,一再坚持请马扩施展一下功夫。马扩便不再推辞,接过完颜宗翰的弓,双腿一夹,驾马冲了出去。飞奔了一段之后,马扩猛拉缰绳,那匹马便前腿离地,像是要腾跃起来。这时,马扩双手脱开缰绳,在半空中做了个拉弓射箭的姿势,极为威武。在一旁的金军将士都忍不住拍手喝彩起来,完颜宗翰由衷喊了声:"好!"尽管马扩只是放了支空箭,但在完颜宗翰这样的行家里手看来,这功夫绝非等闲之辈所能及,在心里暗暗断定:宋人的武功果然不容小觑。

完颜阿骨打远远地看到了这一幕,心底惊叹,但当完颜宗翰向他禀报的时候,他却说道:"光是骑马拉弓摆个花架子算不得什么真本事,射箭还得看准心。下回还需再试一试他。"完颜宗翰心想也对,没准这宋人专练花架子唬唬人,还得找个时机试试马扩的射术如何,否则仍不能估测出宋国武将的真正实力。

与马扩同行之时,完颜宗翰再次假装不经意地说道:"此番打围,还未见马老弟射过一箭,不妨射它一物,让我等开开眼界。"

马扩早就明白了金人邀他打围的真正用意,便又假意推辞起来:"这几日我见贵国军士个个是神射手,故不敢班门弄斧,若论射箭的准度,在下恐怕要自叹不如了。"

第七卷　大地裂痕

完颜宗翰道:"马老弟过谦了,我军将士虽然勤于练习,但始终不得要领,白白浪费了不少的箭矢,还请你给他们指教指教。"

马扩道:"不敢,且让我射上一箭试试运气。"

完颜宗翰指着雪地上远远地站着的一只鹿,说道:"不如就以那麋鹿为靶。"马扩顺着他的手指望去,才算是看见那鹿,那距离须得十分惊人的臂力才可能射中,看来完颜宗翰这回是有意想让他难堪了。

马扩在心中考量一番,感觉只有八成把握,但也来不及想太多,毕竟要示弱是不可能的。于是他奋力张开了弓,几乎是用尽了全身的力气,把完颜宗翰的弯弓拉到了极限,才射出这一箭。那箭离弦后划破了寒冷的空气,直接刺入了那鹿的脖颈,鹿在雪地里摇晃了几下,便倒地不起,白色的雪地上满是鲜血。

金军的队伍里顿时一片喧哗,有些人更是振奋地欢呼起来,马扩听不懂他们在叫嚷什么,便问完颜宗翰。完颜宗翰答道:"他们夸你是'神射手',马老弟果然是宋国英才。"

马扩道:"不敢不敢,侥幸而已,论射术我在大宋只可算是三流!"

完颜宗翰惊讶道:"看来宋国真是人才济济,令人佩服!"见完颜宗翰信以为真,马扩又继续信口说道:"在汴梁,一般习武之人、侍卫官兵、边境地区的弓箭手、保甲才是真正的善射之人,屈屈在下,只不过是个小人物罢了。"

听马扩说得头头是道,完颜宗翰已经深信不疑了,这更加坚定了他最初的想法:大宋雄霸百年,靠的绝不只是运气,而是强大的

八、内忧外患

文化与军事实力。

这时候,完颜阿骨打从远处走来,赞赏地鼓着掌,说道:"这一箭射得好,不愧为宋国的武举人。"

完颜阿骨打转向身边的大乌迪,让他去给马扩拿一张弓、一支箭来,对马扩道:"马兄弟一同来打围吧,途中如遇猛兽,务请射之。"

马扩谢恩接过弓箭,他知道完颜阿骨打给一个来使佩弓箭,这可算得上是一种嘉奖了。完颜阿骨打这回是由衷地邀请自己加入打围,这一箭无论如何不能射失,而且还得射得漂亮,因为这一箭或可关系到完颜阿骨打对于海上之盟的决断。

行约二里,到了一片林边,众人忽见一黄獐飞速蹿出,而后又高高跃起,众人都举起弓来,跃跃欲试。这时,完颜阿骨打突然高声下令道:"各位且慢,马大人是远道而来的客人,这黄獐就归他了,算是我国赠礼。"其他人纷纷放下弓箭,望向马扩。

完颜阿骨打向马扩道:"马兄弟,请吧!"

马扩毫不拖沓,道了声"遵命"后便策马驱驰,猛追那黄獐。在马儿跃起之际,马扩猛然引弓射箭,不偏不倚射中目标,那黄獐顷刻之间便倒毙了。

完颜阿骨打大喝一声"好!",而后一拉马缰绳,向前飞奔,来到马扩的边上。完颜阿骨打从马上下来,扛起那黄獐走向马扩递给他,道:"马兄弟,是煮是烤?"

马扩连忙从马上跳下,接过那黄獐,谢恩道:"君主是喜欢蒸煮还是烧烤?"

完颜阿骨打哈哈大笑道:"生吃即可。"说罢,取出佩刀猛地割下黄獐的小腿,津津有味地咀嚼起来,而后他又割下另一条小腿递给马扩。

马扩常年生活在边地,过惯了粗粝的生活,但吃生肉还是头一回,看完颜阿骨打嘴边一圈血油混杂之物,不禁生出恶心。但他不敢不接,拔了毛就往嘴里塞,强忍着把这生肉吞咽了下去。完颜阿骨打见状大喜,本以为宋人吃不得生食,未料到马扩竟然吃了下去,这使他对宋人文弱的印象大为改观。

自马扩射完这三箭,完颜阿骨打的心里产生了细微的变化,原本在他心里从未将宋国视作合作伙伴,总觉得海上之盟是宋人想坐收渔利。如今他接纳了完颜宗翰的建议,觉得宋国不可小视,甚至开始考虑让出这山后之地。只是朝中仍有大批重臣反对此事,因而一直悬而未决。

3. 擒方腊

赵佶在汴梁的万岁山里,并非过着全然世外桃源般的生活,毕竟这外患和内忧始终萦绕在心头。外患自然是针对辽、金的,假如这回无法顺利从辽国拿回幽云十六州,他将面临金国更大的威胁,讽刺的是,现在解决这个问题的主动权又恰恰掌握在金国的手里。至于内忧,也是一直不断,最近还有一支农民起义军真正起了势头,而这义军的首领竟然是江南一个小小县城里搞漆园的小生意人。

他将王黼和童贯叫来责问,对这种民间的起义军他们不但没

八、内忧外患

有提早扼杀,反而还让它成了气候,统帅三军的童贯自然是脱不了干系,而身为宰相的王黼未及时禀告,也是难辞其咎。童贯自然也有托辞,说自己近来都在忙于促成海上之盟,一时疏忽大意,才让这种蚁辈有机可乘。

皇帝向童贯道:"这种无名小辈一揭竿就能成势,我大宋岂不为外人耻笑?你弄清楚那为首的来头了么?"

童贯忙答道:"据臣所知,此人名叫方腊,青溪县人,经营一家漆园。起兵两三月,先后攻占了青州、睦州、歙州、桐庐、富阳、杭州……"

"行了!"皇帝打断道,"朕要知道的是他一个小小的漆匠凭什么能形成一呼百应之势!"这个问题问到了点子上,可是童贯和王黼似乎都有些迟疑,好像都在等着对方先说。

王黼见童贯没有要开口的意思,便只得向皇帝道:"据臣所知,这方腊到处宣扬什么摩尼教教义,妖言惑众,想必正是以妖术控制人心,须得请国中大师破解他的妖术,方得解除叛军之患。"

皇帝向来对道教笃信不疑,一听方腊是个魔教头子,便真的琢磨起以正教压邪教的方法来。王黼混淆视听后,又继续口若悬河地说起易经来。这时候,在一旁的童贯终于沉不住气了,打断他道:"皇上,这方腊之所以有众多追随者,恐怕与花石纲不无关系。"

花石纲正是直接引起方腊起义的原因,而方腊能一呼百应,也正是由于江南地区民怨累积已久。当时,几乎每户人家都被花石纲扰得不得安生,所以当有人杀牛酹酒、揭竿而起之时,江南百姓便群起响应,才几日工夫,起义军便从千余人增加到十余万人。方

第七卷　大地裂痕

腊便立刻称帝,此后一路攻城拔寨,所向披靡,接连攻破好几座城池,若是保持这个势头,不出两个月,大宋江山恐怕就要易主了。

皇帝这时才从自己的太极八卦迷阵中走出来,意识到事态的严重性,必须尽快浇灭这把烈火,便果断向童贯下旨:"朕命你为两浙宣抚使,总领三军,务必灭杀叛贼,不留后患。"童贯当即领命。

童贯这时候年事已高,却依然壮心不已,在他的眼里,方腊之流只不过是一批流寇,成不了太大的气候,这次的出征就权当是伐辽前的一次练兵了。不过童贯可不仅仅是一介武夫,他立即向皇帝提出了一个要求:"请皇上就花石纲扰民之事下一道罪己诏。"

皇帝听罢,想了想便也答应了:"你去替朕拟诏书吧。"

无论是皇帝还是童贯都明白,方腊之所以能统帅十余万人,并势如破竹地攻破数座城池,靠的并不是什么将才,也不是什么明教教义,而是靠民怨。正是因为百姓的心里有着积累已久的怨气,才会拼了命去替方腊打仗。一旦让他们心中的怨气稍稍平息,其战斗力便也就随之下降了,下这道罪己诏,可以说是招釜底抽薪的计谋。

童贯拟的这份诏书中,以皇帝的名义下令解散了应奉局,废除了花石纲,并将朱勔一家罢官,同时允诺,因受方腊蛊惑而加入起义军的民众,若及时放下兵刃,即可赦免罪责。这道罪己诏一颁布,果然立竿见影,方腊的起义军一下子缩水了不少,许多在方腊边上鞍前马后的兄弟,也纷纷离弃起义的队伍,毕竟花石纲的事情已经过去,朱勔也被罢免,再继续过着打打杀杀的日子也没太大意义。

八、内忧外患

朝廷的这一招让方腊一下子乱了阵脚,前一夜,他还在做着改朝换代的美梦,梦见自己的军队攻开汴梁的城门,梦见自己取代赵佶成为天下的新主人,而这美梦居然被一道罪己诏给轻轻松松地瓦解了。

此后,童贯便亲帅十五万兵马南下,包围了青溪县,方腊任命的新知县立刻献城投降,没有做任何的抵抗,并向他们指明了方腊的藏身之处——那是青溪县里云雾密布的一片山谷。

童贯的大军便立刻向那片山谷进发,不久便形成包围之势。这山谷比童贯预想的要大得多,在他的心中,青溪县本就是个小地方,更何况是其中的山谷。但事实上,这片地方大得很,大到可以容得下二十万起义军,方腊和他的军队此刻就藏身其中。山外童贯的十五万大军,对阵山里方腊的二十万起义军,童贯也不敢贸然进攻。一方面,据那知县所言,方腊有二十万人,从数量上便占据了优势;另一方面,这群人对于当地的地形了如指掌,同样是占得了上风。十五万大军都等候着童贯的号令,但童贯却迟迟没有下令进攻。

在童贯大军中,有不少年轻官兵急欲立功,有的干脆偷偷潜入山谷,试图生擒方腊。这其中有个名叫韩世忠的年轻人,在一名内应的带领下,孤身闯入了方腊栖身的洞穴。韩世忠并没有见过方腊,但他见过方腊的画像,所以当他看到方腊的时候,便立刻认了出来。

方腊的身边有着一批护卫,这些人并没有正经习过武,但个个都健硕无比,不好对付。他们一见穿着军服的韩世忠,便一拥而

第七卷　大地裂痕

上,举刀向他砍过来。韩世忠身形高大,但却极为敏捷,一下子便退到数丈之外。正当他被围攻的同时,方腊已经准备溜走。韩世忠见状连忙攀上一棵大树,翻身一跃,便翻过了众人,一把勒住了落荒而逃的方腊。既然他挟持住了方腊,其他人便也不再敢上前了。

韩世忠就这样挟持着方腊,得以脱身。方腊知道,一旦落在朝廷的手上,自己必死无疑,于是他开始拼死反抗起来。人被逼到绝路的时候总是力量惊人,方腊奋力挣脱了韩世忠的控制,奔逃而去。韩世忠捡起地上一颗小石子就向方腊掷去,只见方腊一个踉跄便倒在地上,痛苦地扭作一团。

韩世忠慢慢地走去,一把将方腊从地上抓了起来,准备回去领功,想想这生擒方腊的功绩,自己可算是一战成名了。然而就在这时候,韩世忠远远地看到有一群人向他靠近,他还以为那是方腊的余党,不由得摁下自己腰间的佩刀,但仔细一看,原来是自己人,为首的一人正是自己的上司、忠州防御使辛兴宗。韩世忠迫不及待地向他禀报:"方腊已经擒到!"

辛兴宗并未给予口头嘉奖,而是大手一挥,让手下几人将方腊从韩世忠手上夺了下来。韩世忠这才意识到,辛兴宗这是要抢夺自己的功劳,无奈对方是自己的上司,只得不发一言地跟在这队人的后面,出了这片山谷。

辛兴宗擒着方腊,将他丢到童贯的面前。童贯见到方腊被擒,顿时大喜道:"好!是你擒到他的?"

辛兴宗道:"末将费了一番工夫,终于找到这个魔头,当然,我

八、内忧外患

的这班兄弟们功不可没。"

童贯道:"诸位都是我大宋的英雄,我定禀告皇上,让各位加官晋爵。"辛兴宗手下齐声喊"谢童大人",韩世忠在一旁却一声未出,心有不甘,却又不得不忍气吞声。

方腊的起义之火就这么迅速地被童贯的大军所扑灭,他被一路押解回汴梁。生擒方腊的荣耀,本该属于韩世忠,却算在了辛兴宗的头上,归根结底,这功劳还是他童贯的。令韩世忠感到惊讶的是,方腊真正被装进囚车之后,丝毫没有露出怯意。在童贯的严刑之下,他依然昂首挺立,面不改色,完全一副英雄好汉的模样。不知为何,韩世忠对他倒是产生了几分敬意,而对辛兴宗这类卑劣狡诈之徒,多了几分鄙夷之情。

九、大厦将倾

1. 出兵幽燕

马扩经过两个多月的海上漂泊,又一次从金国返回汴梁。这天,皇帝并没有接见回国的使者,因为这天正好是凌迟方腊的日子,他要亲眼看着这个匪首死去。

在刘锜的带领下,马扩也来到了刑场,正值烈日当空的正午,炫目的阳光让人睁不开眼。方腊被赤裸地捆在桩上,周边围着里三层外三层的人。

"兄弟,这方腊到底是什么人?"马扩低声问身边的刘锜。

刘锜道:"大哥在金国待太久了,这方腊是江南的魔头,前日刚刚被擒,送回汴梁。此人在江南妖言惑众,自封为明教教主,可算是罪大恶极,死有余辜。据说他在六州五十二县杀了平民二百万人,所掠妇女逃出者,都是裸体吊死在林中,死尸绵延百余里。"

马扩看了看空地中央的方腊,感觉那瘦骨嶙峋的身形和"魔

九、大厦将倾

头"二字似乎相去甚远。所谓"死尸绵延百余里",马扩也是打心眼里表示怀疑,但他也并未说什么,毕竟成王败寇的铁律向来如此,正与邪的定论从来都是由胜败决定的。凌迟的全过程,方腊始终未吭一声,马扩看着这一切,突然想到,如果大宋哪天落到了任人宰割的地步,是否也能做到像方腊这样,不呻吟不悲鸣?

坐在楼阁之上的童贯看着方腊的肉被一片片割下,却丝毫没有庆功的愉悦感,因为一场真正艰辛的战争即将开始。昨日皇帝已经向他交代了北伐辽国的任务,因而此刻他的心里一点也轻松不起来。两个多月前,马政父子尚在金国之时便已经命信使星夜兼程地送信回国,请皇帝尽快布置联金灭辽的计划。恰逢江南战乱,才耽搁至今,如今方腊被除,皇帝便打算一心去实行计划已久的北伐了。

昨夜皇帝对童贯这样说:"幽云十六州,务必替朕收入囊中。"童贯自然只好允诺,等于是立下了军令状。但他心里比谁都清楚,要指望金人完整地让出幽云十六州是不可能的。大宋的每一个城池,还得靠宋人自己去打下来,而这场硬仗的对手除了辽国之外,还有大宋的所谓"盟友"——金国。

与皇帝一同观赏这场酷刑的人当然还有蔡京,此番将要随童贯一起征辽的另一员大将就是蔡京的儿子蔡攸。蔡攸是个十足的主战派,多年以来一直都是联金灭辽的拥护者,这让蔡京略感担忧,为此他还专门赋了首诗给儿子:"老懒身心不自由,封书寄与泪横流。百年信誓当深念,三伏征途盍少休。目送旌旗如昨梦,心存关塞起新愁。缁衣堂下清风满,早早归来醉一瓯。"所谓"百年信誓当深念"指的自然就是宋辽之间长达百年的澶渊之盟,只此一句就隐约传达出了蔡京对于此次北伐所持的反对态度。

凌迟持续了两个时辰,方腊在饱受折磨之后终于死去,这场冗长的酷刑既宣告了朝廷扑灭农民起义的胜利,又像是为北伐举行的盛大出征仪式。

两日之后,皇帝钦定的河北路与河东路宣抚使以及副使童贯、蔡攸登上崇政殿面圣。皇帝正观赏着歌姬跳舞,左右各有一名美女侍奉着。见童贯和蔡攸来了,便命歌姬退了下去,但一左一右两位相貌出众的侍女却仍在,童贯是太监,对美色不敏感,但蔡攸却忍不住瞟了她们好几眼。

皇帝发现蔡攸的目光,打趣地说道:"爱卿大战当前,还流连美女,该当何罪?"

蔡攸知道皇帝是在调笑,道:"陛下不如将这二位姐姐赏赐给臣,臣保证打个胜仗。"

皇帝答道:"你若是喜欢这二位美娇娘,就先给朕打个大胜仗,到时朕就把她们赐给你。"

蔡攸连忙拜谢,还不忘用眼神将这二位美女尽情地调戏了一番。

童贯在一旁默不作声,全然没有蔡攸那样的乐观。在他看来,这场仗打赢的可能性实在渺茫,大宋将要败给的不是辽国,而是更为强悍的女真人。

这天是四月二十三日,童贯的大军正式出征,以述古殿学士刘

九、大厦将倾

翰为行军参谋,保静军节度使种师道为都统制,武泰军承宣使王禀和华州观察使杨可世为副使。此外,童贯将赵良嗣、马扩等人收作幕僚,这二人为海上之盟的促成立下了汗马功劳,而且都是颇有智慧的谋臣,自然要重用。童贯大军的第一站便是进驻高阳关,此地离宋辽边境不远,可算是军事重镇,宋辽两国在此地向来相安无事,大宋也是首次派军驻扎在此,这表示皇帝是铁了心要对辽人展开攻势了。童贯深知辽国是一块极其难啃的骨头,便打定了主意要先礼后兵——最好是不战而屈人之兵,首先便下了一道榜文:

  幽燕一方本为吾境,一旦陷没几二百年。比者汉蕃离心,内外变乱,旧主尚在,新君篡攘。哀此良民重罹涂炭,当司遵奉睿旨,统率重兵,已次近边。

  奉辞问罪,务在救民,不专杀戮,尔等各宜奋身早图归计。有官者复还旧次,有田者复业如初。若能身率豪杰别立功效,即当优与官职,厚赐金帛;如能以一州一县来归者,即以其州县任之;如有豪杰以燕京来献,不拘军兵百姓,虽未命官便与节度使、给钱十万贯、大宅一区。惟在勉力,同心背胡归汉,永保安荣之乐,契丹诸蕃归顺亦与汉人一等。

  已戒将士不得杀戮一夫,傥或昏迷不恭,当议别有措置。应契丹自来一切横敛悉皆除去。虽大兵入界,凡所须粮草及车牛脚价并不令燕人出备,仍免二年税赋。

这榜文中的"不得杀戮一夫"自然是无稽之谈,童贯之意本就

第七卷　大地裂痕

是试探一下辽人,榜文一出,未过几日,果然易州、涿州的守将高凤、郭药师率先前来投降。童贯大喜,他知道这郭药师乃是怨军首领,此次居然主动来投,看来辽国的气数已尽,幽云十六州不费吹灰之力就转眼收回其二,剩下的只要如法炮制即可。

童贯将郭药师召入帐中,问道:"依郭将军看,余下的城池当如何取得?"

郭药师底气十足,答道:"大人不必过于谨慎,大宋未动一兵一卒,易、涿二州已经取得,燕京门户洞开,大可长驱直入。"说罢,郭药师果然向童贯请战,欲尽快立功,为大宋攻城掠地。

童贯听了很是高兴,但转念一想,这郭药师才投奔过来没几日,就让他当主将,即便攻下燕京也似乎有点名不正言不顺的意思,便只让郭药师自带精兵四千,作为助攻。

郭药师深知宋军缺乏纪律,缺乏布阵,便提醒道:"大队人马务必严明军纪,随时待命,如果过于涣散,关键时刻容易出岔子。"

童贯点点头,但心里却道:你这降将也敢在这儿指手画脚?

隔日,童、蔡率领大宋十五万大军强攻燕京,郭药师则带四千精兵实施偷袭。他的所部本就是辽国军队,便伪装成被金人打散的辽军,借此混入燕京城。进城后,再与城外的宋军里应外合,一举夺下城池。这本是个绝佳的计谋,但郭药师没料到,本该在城外呼应的宋军却未能按计划抵达,而在一个叫良乡的地方遭到了一万辽军的伏击。这一回,郭药师乱了阵脚,差点被燕京城内的辽人全歼,好不容易才逃了出来。良乡的宋军在以十五比一的情况下竟然丝毫不占优势,被堵在良乡,寸步难行。令童贯和蔡攸完全想

九、大厦将倾

不到的是,辽国这只奄奄一息的瘦老虎,竟然还能有如此强大的战斗力。

在此危难之际,郭药师不在营中,蔡攸又从未征战过,童贯找不着人商量,无奈之下,便命人去给完颜阿骨打送了封信,说是邀金国一同夹攻燕京。

完颜阿骨打见信后大笑,对旁边的大臣道:"堂堂的大朝大国居然连区区的燕京都取不下来,这可真是天底下最稀奇的事了!"面对"盟友"的求救,完颜阿骨打也只得命人带了三万兵马前去救援。

燕京城内驻守的辽人早已丧失斗志,听闻如狼似虎的金军要来了,无不闻风丧胆,连忙夺路而逃,留下一座空城。自此,辽国五京全部被完颜阿骨打收入囊中。在良乡堵截宋军的那一万辽军听说燕京已失,也自动溃散。这回,金人可算是不费一兵一卒,就取下重城,顺便也为宋军解了围。经过此战,完颜阿骨打完全看出了宋军的羸弱,即便有声势浩大的几十万兵马,也不过是一推就倒的无根之树,他对于这支所谓"盟军"充满了鄙夷。

由于宋人自己的无能,如今金人意外得了燕京,来日却要交付给宋国,这令完颜阿骨打感到不悦。倘若不谈结盟之事,金国大可以将辽国的疆土尽数收割。

完颜阿骨打还是言而有信之人,他认为,既然有盟约在先,燕京还是应当归还的,但城池不能白给,需要宋人有偿赎买。完颜阿骨打尚未想出一个明确方案,童贯却已经前来讨城。出于盟友之谊,金人放童贯进入燕京。

第七卷 大地裂痕

随着"轰隆"一声巨响,燕京的城门被打开,童贯的兵马鱼贯而入。童贯一进入燕京,眼泪不由得流了出来,这失落了百余年的故土,如今终于算是打下来了,虽然是由金人打下的,但至少它不再归辽人所有了。这城内的一片狼藉也令童贯感叹不已,尽管金人攻下燕京没有怎么动用武力,但得到城池之后,金人却在城内打家劫舍,大开杀戒,此刻遍地的横尸令童贯悲从中来——这些人本来也是大宋遗民啊,如果是大宋军队率先攻下燕京,他们本应该在此夹道欢迎,如今却白白地沦为金人的刀下亡魂。

童贯被引至完颜阿骨打的帐中,见到童贯,阿骨打还算客气,命人为其斟茶赐座,谈及战事,却未提到交付燕京之事,他是特意等童贯先开口。不一会儿,童贯果然耐不住了,便道:"此次收复燕京,金军居功至伟,我定当上奏禀报皇上。"言下之意,是感谢金国替大宋收回了燕京,燕京归属的问题就不必讨论了。完颜阿骨打对童贯的说辞有些不满,但也没有形于色。

完颜阿骨打慢悠悠地说道:"这燕京之地本该由宋军取下,但大宋不愧为礼仪之邦,将城池谦让于我,实在高风亮节……"童贯一听这话,脸色顿时就变了,完颜阿骨打似乎没有要将燕京城交还的意思,不由得着急起来,便直截了当地问:"燕京之地本该归大宋所有,贵国何时交还?"

看到童贯有些急了,完颜阿骨打顺势说道:"童大人少安毋躁,燕京之地宋国丢失已久,百年未能取回,如今被我金国打了下来,那也是耗费了大量的国力,牺牲了无数将士换来的。宋国想不费分文就拿回去,这天底下哪有这等坐收渔利的好事?"

九、大厦将倾

童贯看完颜阿骨打言语有所退让,决定跟他谈谈这笔买卖,便问道:"贵国有何条件?请君主明示。"

完颜阿骨打伸出一个指头,说道:"一百万缗。"

"什么?"童贯几乎要从原地跳起,"燕京一年的赋税都不足一百万缗,贵国未免也太狮子大开口了!"童贯虽觉得一百万缗要价太高,但也未敢断然拒绝,因为他知道,这燕京之地是必须拿回来的,即使金国开价再高,大宋最后也不得不妥协。

完颜阿骨打笑道:"燕京之地一年的赋税是多少,我女真人比谁都清楚。区区一百万缗,不过十之一二罢了。"

事实上,童贯并不了解辽国对燕京的征税,听完颜阿骨打这么一说,不免有些惭愧。他看了看完颜阿骨打脸上那不由分说的神色,只得回应道:"既然如此,待我书信禀报皇上,再做定夺。"

早在太祖在位的时候朝廷就琢磨过赎买燕云十六州的事,只是辽人从未开过价,没给这机会,如今金人明码标价了,虽然这价格昂贵,但赵佶立刻就同意了。在他眼里,再多的金钱也比不上收复燕云的丰功伟业。不过,这回皇帝还是颇有微词的——假如童贯能抢先一步拿下燕京,这笔钱完全是可以省下的,但是他又不好立刻惩罚童贯,怕给"收复燕京"这么大的好事抹了黑。于是,宋人就在一片和谐的叫好声中入驻了燕京城。童贯非但没有遭受惩罚,反而还获得了重赏,仿佛燕京城真是他攻下来的一般。

时隔百年之后,宋人首次进驻燕京自然少不了盛大的仪式和排场,赵佶不远千里从汴梁北上到燕京,只为这载入史册的重要时

第七卷 大地裂痕

刻。午时，燕京城门大开，完颜阿骨打正式将城池交还给宋国，皇帝和几位重臣一人一骑，鱼贯而入。蔡京称病而未前来，"功臣"童贯和蔡攸紧随其后，再往后是赵良嗣、杨可世等人，马扩也在其中。只是与其他人的愉悦表情不同的是，马扩看起来似乎并不怎么高兴，在他看来，宋人此次北伐实在是丢尽了颜面，无论是对手辽国，还是"盟友"金国，如今恐怕都在对宋人嗤之以鼻了。今后，颜面扫地的宋人如何在这三国鼎立的局面中生存下去，这显然变成了一个很大的难题。马扩看到燕京城内的热闹气氛，总觉得这其中包藏着末日的迹象，炮仗的气味里也似乎掺杂了腐臭的气息。

交接仪式做足了排场，完颜阿骨打也很配合地完成了整个过程，但是他感到宋人这种虚假的胜利看起来十分滑稽可笑，以宋人现在孱弱的身躯，他们占据燕京的日子想必不会太久。

皇帝此时心里还在打另一个主意，他深知从地理位置上来说，云州、燕京、平州自西向东排成一线，如今这三州大宋只要回了燕京，便等于夹在云州和平州之间，若是金人哪天动起武来，两边一夹攻，燕京立马就会再次失去。因此，当务之急是要将云州也拿回来，才能保证未来数十年的长治久安。

在金军撤出燕京之前，赵佶便向完颜阿骨打提出，以与燕京同样的价格赎买云州。完颜阿骨打这回是想也没想就答应了，对他而言，云州的价值不大，仅仅是在与辽国作战时期做屯兵之用。他当即向赵佶表示，待与辽国此战结束，以相同礼节交还云州。完颜阿骨打为人自负，尤其是在此次伐辽之后，更是看清了宋国虚弱的军事实力。在他看来，无论许给宋人多少城池，金国若想取回都不是难事,倒不如现在乘机好好捞一笔,此举遭到了包括他兄弟完颜吴乞买在内的众多勃极烈的强烈反对。赵佶只知君无戏言,既然完颜阿骨打口头答应了交回云州,此事就算是成了,但是他没有想到,交割云州之事就此无疾而终。

2. 空余恨

辽人气数已尽,金军撤离燕京后,完颜阿骨打便直接班师回国,只留下少量的兵马在云州继续与辽国残余势力缠斗。这一路上,他倍感疲倦,倒不是因为战争的缘故,而是在燕京的时候过于沉迷酒色,弄坏了身体。临走时,还不忘抢了许多汉族女子回去,终于身染重病,还没来得及到达金国,就一命归天了。他的弟弟完颜吴乞买继位。据传言,这完颜吴乞买长得和赵匡胤一模一样,以至于当他灭宋之时,民间流传了这么一个说法,说当年赵匡胤的皇位落到了弟弟赵光义的手上,其后世子孙大多落魄,如今宋太祖轮回转世化身为金太宗前来夺回大宋江山。当然这只是民间的传言,不可当真,不过大宋还真就是亡在此人的手里。

完颜吴乞买一继位,便在给宋国的回信中一口拒绝了宋人要回云州的诉求,并详细说明了不归还的理由,指出宋人招降纳叛,违背盟约在先。赵佶本来还巴望派使节前去斡旋,但看到完颜吴乞买的语气如此坚决,理由如此充分,竟然也想不到有什么可以反驳的说辞。要说大宋此次招纳叛亡,也的确是真真切切的事,单是郭药师的归降就已经是人尽皆知的事实了,的确是自己理亏在先。于是,交割云州之事就此陷入僵局。

第七卷　大地裂痕

郭药师投降大宋，获得了丰厚的奖赏，还一路加官晋爵，享尽荣华富贵，这让许多辽国旧将都心生羡慕，开始向往投入宋国的怀抱。但大多人还担心耶律延禧哪天突然杀个回马枪，因此不敢付诸行动，但其中有一个叫张觉的实在是按捺不住了，率先向大宋表明了自己归降的迫切意愿。

张觉乃是平州守将，密谋归宋已久，想那郭药师归宋，那可是献上了城池的，他自然也不能两手空空地去。密谋几月后，他终于在一个月黑风高的夜晚率部起义。

当晚，金国的留守官员阿忽正在营中与两名辽国美女寻欢作乐，正欢畅之际，突然面色煞白，口吐黑血，吓得两名女子连衣服都来不及穿就逃出营帐。待到医官到来，阿忽早已暴毙，死因是他背上的两枚万字镖。这种飞镖镖头涂有剧毒，锋利无比，一枚便可致命，而杀手用了两枚，足见杀人的决心。

善于使用万字镖的人已经不多，名声在外的那位姓叶，名字不详，人称"镖神叶无名"，此人纵横于宋辽两国，无人不知，三年前告别武林，长期居于平州，后来成了张觉的门客。由于叶无名天下闻名，因而冒充镖神的也大有人在，但当医官看清了阿忽身上的伤口，立刻吓得魂飞魄散，那的确是万字镖无疑！整个金营乱作一团，仿佛遭遇了千军万马的伏击一般。不久，张觉的人马杀到，金军虽猛，但群龙无首，寡不敌众，不一会儿就被张觉消灭。

张觉起义的事情没过几个时辰就传到了赵佶的耳朵里，童贯、蔡京等人均是大喜，一旦平州落入大宋的手里，便不用担心燕京遭到金军的两面夹击，没准合平、燕之力，攻下云州也未可知，朝野上

九、大厦将倾

下一片欢腾,只等待张觉来降。

但凡在这种时候,必然会有个泼冷水的,果不其然,给事中吴敏就开口说道:"臣以为招纳张觉有些不妥,近日完颜吴乞买以我朝招降纳叛之实为柄,拒绝交付云州,如今我们再度招降,恐怕宋金之盟毁于一旦,必生事端。"

只是这吴敏人微言轻,所奏非但没有让皇帝听进去,反而被蔡京奚落道:"那么依吴大人看,平州就应当拱手让给金人么?"吴敏无言以对,只得悻悻退下。

赵佶当下拟好敕书、诰命、赏赐,交付给招降使臣,令其策马北上,至平州招降张觉。他吩咐好这些事,便准备坐收平州和张觉的人马。

与此同时,金国的新君主完颜吴乞买听说了平州动乱的事,怒不可遏道:"此人好大胆,敢在太岁头上动土,我必让他死无全尸。"当下点了几万兵马杀向平州。

张觉得知宋使到来,立刻远迎,好酒好菜招待,自以为已经完全控制住了平州的局面,拿着皇帝的招降文书喜不自胜。与此同时,金军铁骑正气势汹汹地赶来索命。酒菜还没备齐,金军已杀到。张觉闻知此事,都来不及通知宋使,就从后门牵了匹千里马向燕京逃去。那宋使后知后觉,被前来抢夺平州的金军给劈了,赵佶亲笔书写的招降文书也都悉数落入金军之手。

情势的急转直下,让身在汴梁的赵佶和平州、燕京的宋人都措手不及。他做梦也想不到,平州唾手可得,这原本一片大好的形势,怎么突然就被金军轻易击碎了呢?更感冤屈的是那位招降使,

第七卷 大地裂痕

竟就成了刀下亡魂。

燕京城的人们也想不明白,才过了没几天的太平日子,金军怎么就又杀来了呢?此时,张觉正躲藏在燕京府衙之内,他以为到了大宋的领地就安全了,没料到这燕京城门形同虚设,金军很快攻入城内包围了知府衙门,叫嚣着让知府交出张觉。知府过了许久才出来,向金军将士解释道:"张觉并未来到燕京城,若有关于此人踪迹的消息,一定禀告贵国……"

为首的金军将领道:"我们一路追寻至此,是看着张觉逃窜进燕京的,请知府大人顾全大局,交出这个反贼,以免伤了两国的和气。"

知府见自己的谎言一下子被戳穿,更加慌了。他寻思着,要是不交出张觉,这金军恐怕是要火烧衙门了,但若是交出他,那朝廷那边就不好交代。他突然心生一计,说道:"请诸位稍待片刻,我这就去将张觉的首级拿来献上。"

不久,知府又出来了,身旁的大汉手中提着一个血淋淋的人头。那头颅模样极其恐怖,双眼睁着,头发散乱,鼻孔和嘴巴还不住地往外溢着鲜血,一看就是死了没多久,就连金军看到这情形都有点惊愕了。为首的将领接过人头,仔细地看了看,突然好像发现了什么,立刻一脸怒容,将人头向知府掷了过去。知府闪避不及,沾了一脸的血。那将领吼道:"知府大人看来是把我们当作愚蠢的豪猪了,拿个替死鬼的头颅来冒充,既然这样,就别怪我们无礼了!"

知府见状,以近乎哀求的语气叫道:"慢着!"

事实上,刚才燕京知府已经得到皇帝的命令,尽力营救张觉,但这后面还加了一句:"若金人强攻,舍之。"依此号令,现在已经到了不得已之时,是该交出张觉了。知府一声令下,让人把张觉给带了出来。

张觉骂声不绝,他不明白自己和郭药师同样是归降,为什么命运却如此迥异!金军将领并没有将张觉带走,而是命人将他推倒在地,然后大手一挥,一群金军就围上去一阵狂砍,顿时鲜血四溅,张觉被剁成肉酱了。金军将领满意地看了看,大声说道:"燕京城里的狗,你们有福了!"角落里还真有几只野狗冲了出来,津津有味地吃起来。

围观者早已经吓得魂不附体,僵在原地,不敢动弹。张觉归降就以这血腥的场景落幕了。

3. 裂痕

经过了张觉事件,宋金两国的裂痕进一步加剧。赵佶听说张觉被杀的恐怖过程,更加视金人为虎狼,而金人则对赵佶彻底失去了信任。在他们看来,这个宋国皇帝简直是个卑鄙无耻的小人,非但公然招降纳叛,还在金军压力下,懦弱无能地将张觉交了出来,可谓是既不仁又不义。只是金人并没有料到,赵佶即将走出更加令人不齿的一步臭棋。

赵佶此时对金国产生了一种巨大的恐惧,他突然意识到将辽国铲除之后,宋金之间就失去了一道屏障,三国鼎立的局面也将土崩瓦解,金国极有可能在灭辽后一路南下,把大宋也给灭了。更何

第七卷　大地裂痕

况完颜吴乞买和完颜阿骨打还有所不同,完颜阿骨打对于大宋还有某种程度上的景仰,而完颜吴乞买则没有丝毫的敬畏之心,在他看来,天朝大国的所谓威仪也不过是故作姿态罢了。想到这一层,他找来蔡京父子以及童贯、赵良嗣等人,提出要尽快寻找到逃亡得不知去向的耶律延禧,并助他复国,重新建立起这道宋金之间的坚固屏障。童贯等人听了皇上的这番思虑,感到尤为意外,前不久刚刚联合金人把辽国灭得差不多了,这会儿突然又转而帮助辽国复国对抗金国?这不是搬起石头砸自己的脚么?这不是抽自己耳光么?

蔡京却知道皇帝所想还是有他的道理的,早在蔡攸跟随童贯出征的时候,他就曾经作了一首模棱两可、话里有话的诗,表明自己对于联金灭辽的一丝隐忧。如今皇帝终于也想到这一点,不过恐怕有些晚了——辽国已经奄奄一息,耶律延禧下落不明,生死未卜,就算费尽千辛万苦将他找了回来,恐怕也很难再成什么气候。尽管如此,蔡京还是按惯例附和着皇帝:"臣赞同皇上的思虑,相较辽国而言,金国确实更加危险,断不可与之为邻。"

童贯却道:"宋金之盟仍在,若是暗助耶律延禧,被金人发现了,那就不仅仅是败盟那么简单的事了,金人甚至可能以此为口实,向我大宋进军!到时候,江山社稷恐怕要岌岌可危了!"

皇帝听了童贯的话,皱了皱眉,事实上,这也是他所担心的,不过他仍觉得找回耶律延禧是一步不得不下的棋。"朕也是不得已才出此下策。如今金人原形毕露,即便我大宋完全按盟约行事,不招降纳叛,最后也恐怕难逃金人的铁蹄。倒不如先发制人,或许还

九、大厦将倾

能得以保全。"

"但大宋先是结盟金人攻辽,随后又协助辽国抗金,这未免不合乎……"童贯正说着,突然被蔡京打断。

"童大人,有道是兵不厌诈。我大宋联金在先,无非是利用金人削弱辽国,如今辽国已然成不了什么大气候,燕京等地也已经归复我大宋,而金人又不肯交还其余疆土,此时将耶律延禧重新搬出来,正是最合适的时候。"蔡京继续说道,"一来,金人会感到压力,不敢轻举妄动;二来,耶律延禧对金人恨之入骨,如今又到了穷途末路之际,我方对其施以援手,正是雪中送炭,想必辽人今后也不敢再像往日这般气焰嚣张了。如此设计,可以说是一举两得。"

听到蔡京这么一番论调,皇帝心下大喜,没想到自己的计谋竟然如此高明,当下就做了决定:"童贯,朕命你率部寻找耶律延禧,务必在金人之前将其找来!"童贯只得领命,内心暗暗骂道:可恨的蔡贼,只知在一旁说说风凉话,每次倒霉的、吃力不讨好的却都是我童某人!

带着这种无奈和怨恨,大太监童贯带上皇帝的亲笔招降书,再度憋屈地踏上了新的征程。

完颜吴乞买比他的同胞兄弟完颜阿骨打更为果断好战,还未等童贯找到仓皇逃窜的耶律延禧,他就已经开始向昔日盟友宋国开刀了。此时,他当然还不知道赵佶要招降耶律延禧的意图,只不过他已经等不及要下嘴咬这块来自南方的大肥肉了。他派出完颜宗望和完颜宗翰两员本家的大将,兵分两路南下,欲逼赵佶就招降

第七卷 大地裂痕

纳叛之事割地赔偿,更是提出"以黄河为界",狼子野心顿时暴露无遗。金西路军以完颜宗翰为首,一路向南杀到太原,声势浩大,不过太原守将张孝纯顽强抵抗,拼死阻挡住了完颜宗翰的势头,让他在太原搁浅,久攻不下。

完颜宗望率领的东路军更加势如破竹,直取燕京。是时,燕京的守将正是大宋招降的郭药师。

此时深宫内的赵佶已经坐立不安了,得知张孝纯挡住了金西路军,才稍稍有些缓解,他估计以燕京守将郭药师的作战经验,应当也能抵挡一段时间,等待后方驰援。不料来自燕京的线报却让他彻底傻眼了——郭药师降金了!这对于赵佶而言好似晴天霹雳,他做梦也没想到郭药师竟然是这么一棵毫无原则的墙头草,短短几个月的时间,竟然两易其主。事已至此,再骂小人也没用了,随着燕京的陷落,中山等地也在很短的时间内都被完颜宗望尽数收入囊中,眼看着他就要杀到汴梁了。在南下攻宋的战争中,郭药师显得极为勇猛,亲手将自己的旧主推入了万劫不复的深渊。

赵佶感到自己的龙椅已经开始发烫,倘若再继续这么坐下去,无异于坐以待毙,完颜宗望的铁骑随时都有可能冲开城门,把汴梁屠戮得一干二净。到了这个节骨眼上,什么收复幽云,什么招降耶律延禧,什么万世基业都已经被他抛到九霄云外,现如今对他而言,最重要的事情降格为简简单单的两个字:活命。他立刻就产生了弃城而逃的想法,尽管这事听起来全无颜面,但基于求生的本能,已经完全顾不了那么多了。

赵佶召集群臣,提出要"南巡",谋求迁都的事宜。他身边的蔡

九、大厦将倾

京、童贯等人均表示赞同,因为对他们而言,这似乎已经成了唯一的一条生路,只要不成为汴梁的守将,就能到江南逃命,待到新的都城建立,说不定荣华富贵的日子还能继续下去,童、蔡等人纷纷表示愿随圣驾一同南巡。

十、靖康之耻

1. 赵佶退位

这几日,汴梁百姓们议论纷纷,议论的内容是城内贴满的两份金色的告示,其中一份叫《罪己诏书》:

> 朕承祖宗恩德,置于士民之上,已经二十余载。虽兢兢业业,仍过失不断,实乃禀赋不高之故。多年来言路壅塞,阿谀充耳,致使奸邪掌权,贪饕得志,贤能之士陷于谗言,缙绅之人遭到流放,朝政紊乱,痼疾日久。而赋敛过重,夺百姓之财,戍徭过重,夺兵士之力,利源酤榷已尽,而谋利者尚肆诛求;诸军衣粮不时,而冗食者坐享富贵。可谓民生潦倒,奢靡成风。灾异屡现,而朕仍不觉悟;民怨载道,朕无从得知。追思过失,悔之何及!

引发人们议论更多的是另一份告示,即赵佶的《退位诏书》,尽

十、靖康之耻

管其中尽是空洞的言辞,但因为郑重宣布了他让位于太子赵桓,因而格外引人关注。

太子赵桓就在这生死关头尴尬地继位了。他当然明白,自己是被父皇当成了挡箭牌。他向来不受父皇的待见,得知父皇要禅位给他,当场就大声号泣起来,哭晕了过去。在场的文武百官上前掐人中,好不容易把他给弄醒了,然后强行替他披上龙袍。自古以来以这种方式登基的皇帝,估计他是头一个了。待到混乱的登基仪式完毕,他才冷静下来,恍惚地坐在龙椅上,看着这空空如也的大殿,隐约看见了自己的命运。年号由"宣和"改为"靖康",意为"日靖四方,永康兆民"。在这节骨眼上,取这么一个年号,与其说是美好的愿望,不如说是自欺欺人,这其中似乎暗含着一种自我嘲弄的意味。

赵桓登基没过几日,太上皇赵佶就带着自己的旧部离开了东京,一路向南。说是"南巡",他压根就没想过要再回汴梁,把能带的人都带上了,似乎打算在南方东山再起。赵桓送他们到汴梁城门口,看着这一大群人马鱼贯而出,心想,这大概可以算得上是史上最声势浩大的遗弃了,心中的悲凉之情再度涌了上来。

赵佶走后,赵桓左思右想,觉得留下来守城无异于自尽,加上身边的朱皇后、张邦昌等人也不断怂恿他尽快南逃,因此满心只在想逃亡之计,全然没把心思放在如何退敌上。只是太上皇留下的烂摊子也不能说甩手就甩手,只能在上朝之际假意询问群臣退敌之策。

张邦昌很了解皇帝的心意,便道:"禀皇上,金人残暴如兽,连

第七卷　大地裂痕

强猛的辽人都被他一举消灭,凭今日汴梁的这点残兵,恐怕根本不是其对手,如若硬战,无异于以卵击石。臣斗胆请陛下效仿太上皇,暂时移驾江南,待来日再重整旗鼓。"张邦昌的话一出口,便有很多人表示赞同,毕竟在这样的时刻,保住性命才最重要。赵桓见群臣与自己不谋而合,便道:"张少宰所言甚是,敌强我弱,退避为妙。"

就在这时候却突然有人站出来,高声反对道:"不妥!"赵桓循声望去,那人便是太常寺卿李纲。此人虽是文官,却有着武将之能,还是个硬骨头,要劝说他这样的人弃城,实在是一件难事。

李纲接着说道:"太上皇禅位,将汴梁托付给皇上,若是皇上拱手将其让给金人,恐怕要被后世冠上不孝的骂名!"

这李纲言辞激烈,却句句在理,令赵桓难以辩驳,只得无奈地问道:"那依卿之见,谁人可担当守将的大任呢?"

"臣认为,张少宰可担大任。"李纲答道。

张邦昌一听,面色大变,他刚才还提出要退避,现在李纲又将他推到守将位置上,这明显就是故意为之。他连忙说道:"皇上,李大人这根本就是在说笑,臣乃一介文士,怎么可能做得了号令兵马的守城将领?"

赵桓也明白,张邦昌守城根本就是无稽之谈,但他突然想到,李纲或许会是个不错的人选。此人文武双全,是一个马扩式的人物,早在十年前,就曾在辽国使节面前展露过高超的射箭本事,只是其后一直未能受到太上皇的重用。赵桓便问道:"朕以为,张少宰乃是能臣,但并非良将,李爱卿倒是有将才,不知是否愿意临危受命,抵御金人?"

事实上,李纲等皇帝这句话等了很久了。他此前郁郁不得志,如今国家遭逢大难,正是他建功立业的大好时机,当下便答应道:"皇上若是将大任托付于臣,臣必定万死不辞!"受到李纲的鼓舞,众臣也纷纷跪地表示忠心,誓与汴梁共存亡,一时间朝堂上被豪情壮志所充斥。

皇帝大受感动,本来还有南逃念头的他脸上现出一丝惭愧,站起身对李纲郑重地说道:"朕封你为尚书右丞、兵部侍郎、东京防御使,抗击金人,固我河山!"

李纲拜谢道:"臣领旨,定不负圣望,驱逐金兵!"

张邦昌在一旁暗自惊叹,多年未受重用的李纲,就在这短短的时间,成了一人之下万人之上的尚书右丞,还手握兵权。但他觉得,即便是这样的英雄,面对金人入侵的大劫难,恐怕也回天乏术。

2. 兵临城下

此时,远在千里之外的真定府,马扩已经被囚禁多时。

他并未高声喊冤,而是静坐着保存体力。在他看来,自己莫名蒙冤,只有两种可能,误会或是被设计陷害。若是前者,那不必申诉,不久真相自会水落石出,而若是被人刻意诬陷的,那即便喊冤叫屈,也无济于事,毕竟这里是人家的地盘,自己在这里基本上就是孤家寡人。

真定府的刘韐和其子刘子羽对于马扩心存疑虑已久,一来是因为他的突然到访,似乎并未受朝廷的委派;二来是因为马扩长期

第七卷　大地裂痕

担任使金的要职,比起其他人而言与金人的距离更近,更是有传言称他与完颜阿骨打结为了异姓兄弟。另外,有一日刘韐意外截获了马扩私自派往保州的一名士卒。于是刘韐决定先下手为强,将其抓获,事后,刘韐命其子刘子羽草拟了一份奏折,向朝廷弹劾马扩。

狱中的马扩对于大宋江山的担忧比对自己的性命之忧更甚,据他的估算,此时完颜宗望的东路军恐怕已经杀到了汴梁城外。

马扩的估计没错,完颜宗望此时已经渡过黄河,在岸边一路烧杀掳掠,无恶不作,不久到了汴梁城下,便下令扎营,准备攻城。

降将郭药师试图尽快取信于金国,便提出先行顺汴河漂流入城的方案,却没料到,城内早有防备,河道都已被事先堵住。金军进不得城,还遭到李纲突施冷箭,死伤惨重,只好灰头土脸地败下来。完颜宗望在此扎营,却并未急于攻城,还在等待与完颜宗翰的西路军会合。几日后,北方却突然来报,说完颜宗翰的西路军在太原遭到拼死抵抗,一时无法前进,完颜宗望这才开始布置攻城的事宜。

赵桓见城外的完颜宗望迟迟不攻城,提到嗓子眼的心算是稍稍沉下去了一点,问李纲道:"依爱卿看,这金人既不攻城,又不撤兵,葫芦里卖的是什么药?"

"金人的心思,臣也无从知晓,但是完颜宗望一再耽搁,有利于我方。一来为各路勤王军队赶来汴梁驰援争取了时间,二来有助于城内建立更加牢固的布防。"李纲回答道,尽管他也不理解完颜宗望推迟攻城的原因,但是他知道,攻城是随时都会发生的事情,

十、靖康之耻

因此不敢有丝毫的松懈。

果然,就在第二日,金人的攻城就开始了。汴梁城十二扇城门紧闭,李纲在心中祈求勤王军尽快赶来驰援,而完颜宗望则盼望西路军尽快赶来会师。见金人攻势猛烈,杀声震天,赵桓吓得六神无主,立刻就想到议和,准备像以前对待辽国那样,给予金国每年一定数额的岁币,以求太平。金人在这时候提出,想要歇战可以,但宋国必须派一位亲王前来交涉,换言之,要皇亲国戚才有资格来做人质。听闻金国提出了条件,赵桓的内心更加倾向于议和了。

李纲自然是第一个反对的,道:"陛下,金人狼子野心,即便给他再多的金银财宝,也是喂不饱的,议和实乃下策!只要这几日能顶住金人的猛攻,等到勤王军到来,便可化被动为主动!"

张邦昌却极力主张议和,他附和着皇帝,说道:"勤王军再快也快不过金人的铁骑,过几日若是金人的西路军赶到,恐怕连勤王军也难以抵挡!不如与金人言好,重建海上之盟!"

"重建海上之盟"这几个字皇帝很是听得进去,这让他想到了百余年前的澶渊之盟,这使得宋辽两国百余年相安无事,如今若能继续海上之盟,没准也能保宋金两国几十年的太平。张邦昌的这句话就像是最后的一根救命稻草,被他狠狠地抓住了,在心里打定主意,任凭李纲再说什么,他也已经完全听不进去了。他心里想的是,究竟委派哪位亲王前去做人质?他第一个就想到了自己的九弟——康王赵构。此人虽然只有十九岁,却与一般养尊处优的皇子不同,是一位颇具胆识的人物,让他去金营,不至于让金人耻笑,不会让大宋蒙羞。

第七卷　大地裂痕

赵桓在心里决定之后,不顾李纲的反对,转向张邦昌,说道:"张少宰言之有理,如今城门岌岌可危,议和为上策,朕命你与康王共赴金营,与金人谈判。"

张邦昌提出议和,本来就想活命,不料这下竟被皇帝推到台前,还要深入虎穴,他差点没晕厥过去。他还意欲推辞,但心想皇帝连自己的胞弟都送去金营了,还会吝惜他么?当下只好将这倒霉的差事应了下来。

翌日,赵构、张邦昌以及完颜宗望指明要的蔡京、王黼家的女眷二十余人被一同送往金营,皇帝送他们到城门口。

在城门边上,皇帝仿佛听到了城外百姓的哭声。这城墙如此厚实,硬生生将人间和地狱隔开,但它却又这般单薄,好像随时就会被外面的金人洞穿一般。

赵桓不敢再多想,转身对赵构说道:"九弟,朕静候你平安归来。"这话他自己说了都没什么底气,毕竟这就像是将一只羊羔放入老虎笼子,谁都知道,这是九死一生的事。赵构看起来却比他的皇帝哥哥要平静,安慰道:"皇兄放心,臣弟必定不辱使命。"说罢,赵构豪迈地向城门走去,张邦昌踉踉跄跄地跟了上去。

送完赵构和张邦昌出城,赵桓的心里空落落的,送走的这些人中,除了赵构是自己的同胞兄弟外,在蔡京的众多女眷中,还有一位自己的胞妹福金帝姬。貌若天仙的她两年前嫁给了蔡京的儿子,没想到如今竟被狠心的蔡家人留在了汴梁。完颜宗望早就对这位公主垂涎已久,这次趁这么个好机会,就指名要赵桓将她献上。这次前去金营,就算能侥幸保住性命,恐怕节操也不保了。想

十、靖康之耻

到这里,他感到无比窝囊,一连几日都郁郁寡欢,开始怀疑议和的决定是否正确。

康王赵构面不改色地跟着城外的金人一路前行,还不时地安慰身边哆哆嗦嗦的张邦昌和哭哭啼啼的福金帝姬。赵构自己的心里也不好受,将福金帝姬献给完颜宗望,实在是奇耻大辱,但赵构打定主意,绝不能在金人面前露怯,否则,金人的凌虐只会变本加厉。

完颜宗望此时正在营中,两边站着两个汉族女子,在汴梁城外盘踞的这些时日,他过上了帝王般的日子。这时候有人禀告:"大王,宋国的王爷、大臣和美女已经到门外了。"完颜宗望放下酒壶,两眼发光,倒不是因为宋国王爷到了,而是因为他日思夜想的福金帝姬终于来了。

赵构、张邦昌和女人们都被带了上来,尽管被带进来的美女有二十余人,但完颜宗望还是立刻从中辨认出了福金帝姬。出生尊贵的女子身上总是透着一种雍容的气质,完颜宗望立刻被这气质迷住了,直勾勾地盯着福金帝姬。直到身旁的部下提醒,他才转开视线,稍稍收敛,命人将女人们先带下去,只留下康王赵构和张邦昌二人。张邦昌怕得只剩下半条命,眼睛都不敢看向完颜宗望,而赵构则不卑不亢,正视着眼前的完颜宗望。

完颜宗望打量了一番赵构,觉得这小王爷除了年纪之外,和自己想象的全然不一样。眼前这年轻人竟然没有丝毫惧意,好像不知道自己已经成为一个随时可能丢掉性命的人质,反倒像是个武林高手,一副成竹在胸的样子。完颜宗望立刻就怀疑起赵构的真实身份，满面狐疑地问道："你果真就是赵佶的九皇子？"

"正是。"赵构淡然回应道。

完颜宗望绕着赵构缓缓地踱着步，说道："你看起来很有胆识啊，和你那南逃的父皇可完全不同。"

赵构听出完颜宗望话里的嘲讽之意，回应道："看来大王是误会了，我父皇下江南只是每两年例行的巡游罢了，不日便会回到东京城。"赵构一边向完颜宗望扯着谎，一边为父皇的南逃举动感到一丝痛心与悲哀。

对于赵构的身份，完颜宗望仍是不相信，在他看来，宋国的小王爷孤身进入金营，理应吓得屎尿横流才对，眼前这人十有八九是个冒牌货。他甚至有些担心这人会不会是赵桓派来的刺客，想到这里，他吩咐属下将赵构与张邦昌软禁起来，不得外出，便草草结束了和赵构的会面。赵构、张邦昌被带了下去，完颜宗望立刻便直奔自己的营房，实在是太迫不及待地要去见见这位宋国公主了。

就在赵构、张邦昌等人被送入金营后短短三天，城外就传来了勤王抵达汴梁的好消息。赵桓听说这消息后，先是大喜，而后心情又有些复杂：早知道勤王军那么快就来了，又何必将自己的胞弟胞妹和一个忠心耿耿的大臣送去虎穴呢？

不过他心想，这毕竟是个好消息，赶来勤王的兵马有二十万之众，而金兵一共才六万人，看起来敌寡我众，赢面甚大。他的心里又重新燃起了希望，退敌似乎指日可待。他当即召见了前来勤王的大将姚平仲、尚书右丞兼兵部侍郎李纲，共商退敌之策。

十、靖康之耻

姚平仲身长九尺,长着一对精致的剑眉,可惜他体态臃肿,肌肤白似女人,看起来完全没有大将之风。很明显,他将此次进京勤王视作一次千载难逢的良机,假如他能在危亡之际救皇帝于水火,必定将获得高升,不至于像前半辈子那样,只能混在边疆一带。他一入汴梁,立刻迫不及待地向皇帝献计道:"微臣建议,夜袭金营,杀他个措手不及,生擒完颜宗望,将金人赶过黄河。"在他看来,二十万大军对阵六万金军,已经是绰绰有余,再加上夜间偷袭,必然稳操胜券。

李纲见皇帝难得有了反击的念头,便立刻表示同意姚平仲的建议:"臣赞成姚将军的偷袭之计,有道是兵不厌诈,这回怎么说也该让金人吃点苦头!"

皇帝见姚平仲和李纲这两员大将都如此成竹在胸,又念及身在金营的赵构和福金帝姬,觉得反击的时候到了,当即说道:"好,国家社稷的安危就在此殊死一搏了!姚将军,朕命你三日之后,夜半子时,率部偷袭金营,务必活捉完颜宗望。"姚平仲被委以重任,心中甚是激动,立刻跪地叩首,领命谢恩后便退了下去。

就在此时,有一封真定府传来的奏折被送到了皇帝的手上,拟这奏折的是真定府守将刘韐之子刘子羽,内容大致是以"通敌"为名向朝廷弹劾马扩。皇帝见此奏折,大为震惊,他知道马扩与其父马政是促成海上之盟的功臣,也是个难得的文武全才,怎么会在这个节骨眼上降了金人?

李纲见皇帝面露痛惜之色,便问:"皇上,这奏折上写的是什么?"

皇帝不言,将奏折递给李纲。李纲接过一看,也是颇为惊讶,但他看完后便眉头微蹙,合上奏折,对皇帝道:"皇上,臣与这马扩虽无太多交往,但是素闻此人是个盖世豪杰,说他勾结金人,臣实在不敢相信。况且光凭这奏折中所书的几点所谓'证据',似乎也难以判定真伪。"

"乱世之中,人心不古啊,这马子充曾多次使金,与金人关系密切,太原遭围之后又并未随童贯一同回京,确实有此嫌疑啊。"

李纲继续劝说道:"马扩这样的人才实属罕见,臣认为,在没有确凿证据的情况下,决不能贸然定罪,万一错杀,皇上将大失人心。"

听了李纲的话,赵桓觉得不无道理,当即便回了一封折子给真定府,让刘韐、刘子羽搜寻更多充分的证据,暂缓对马扩的定罪。

3. 偷袭

完颜宗望自从得到了福金帝姬,便窝在自己的营帐中,终日淫乐。金人的体力异于常人,福金帝姬已经被他折磨得不成人形,每日以泪洗面,恨不能撞墙自尽,只可惜这儿是营帐,没有坚固厚实的墙壁。就这么持续了六七个日夜,完颜宗望有些玩腻味了,终于拖着疲惫的身躯从营帐中走出。不过,从宋人那儿得到了甜头的完颜宗望早就已经将攻城的事情抛到九霄云外了,对于宋人正在谋划的突袭也全无知觉。这回,嗅到火药味的是降将郭药师。

自从上回强行攻城失败之后,郭药师就一直被完颜宗望晾在一边,金人好像已经完全忘记了他的存在。这让郭药师有些着急,

十、靖康之耻

由于之前的反复无常,他已经很难取信于金人,若是金国这回不能将汴梁拿下,那他可以说是前途未卜,很有可能会受到怀疑。以金人的暴戾个性,拿他当靶子练箭也是可能的,此时的郭药师比任何人都担心宋人的反击,因而他这次打定主意要冒死进谏。他来到完颜宗望面前,说了一大通关于勤王军入京的事,强调对方有二十万之众。

完颜宗望为人自负,不耐烦道:"宋人二十万弱兵算什么?就算有百万雄师,也成不了什么大气候!"

"宋人二十万兵马若是与我方正面交锋,自是不足忌惮,但是……"郭药师稍停了停,像是在卖关子,"倘若宋人前来偷袭,那恐怕就难说了。"

完颜宗望一听,觉得倒也不无道理,他知道汉人拼真刀真枪的能力有限,但暗中使计谋却是高手,便问道:"依你看,万一宋人偷袭,应当如何破解?"

"我方只要有所防备,暗中在外围安置弓箭手,布下天罗地网,其余一切照旧,等宋人自己上钩,就可以来个瓮中捉鳖。"

"好,此事就交给你去办,务必将这只鳖逮着。"

此后,郭药师便暗中布置,将金营中最好的弓箭手抽调出来,而完颜宗望则依据郭药师的计策,一切照旧,浑浑噩噩地淫乐着。

这天夜里,姚平仲带着大批人马,趁着天黑去偷袭金营。姚平仲派出的探子回来禀报,说金营附近并无异样,完颜宗望疏于防范,正是偷袭的好时机。姚平仲听后大喜,笑道:"这女真人果然是有勇无谋之辈。"于是一声令下,一万宋军从暗处突然杀出,直扑金

第七卷　大地裂痕

军大营。

　　姚平仲冲在最前,提着一杆长枪,勇猛无比,金营外的栅栏被整个掀翻,营内却似乎连一个把守的金兵都没有,安静得有些不同寻常。姚平仲并没有看到自己想象中金兵溃逃的景象,事实上,金兵就像是完全没听到宋军的杀声一般,还窝在营中呼呼大睡。姚平仲心中不免一惊,暗道:"难道……"直到一道流矢从天而降,刺穿了一个宋军小卒的咽喉,姚平仲才猛然惊醒,声嘶力竭地高喊道:"中计啦!快撤退!"宋军顿时阵势大乱,艰难地向后挪移。此时,早就埋伏在营外的金兵现身,把宋军杀了个落花流水。姚平仲骑飞马夺路而逃,好几次差点被流矢击中,幸好命大,一路逃出。可惜他带的一万宋军就没那么好运,大多数死的死,伤的伤,逃出来的没几个。姚平仲心知这回闯下大祸,便也不敢回汴梁,一拉缰绳,一路向东逃离。

　　这次偷袭的溃败,浇灭了赵桓心头的最后一丝希望,他瘫坐在龙椅上,对李纲道:"朕一再主张议和,你们却偏要去摸老虎屁股。这下倒好,一万将士就这么有去无回……金人果然不可战胜。"李纲站在一旁,竟也一时语塞。

　　这一回,郭药师可算是在金人面前立了大功,完颜宗望给了他丰厚的赏赐。

　　赵构和张邦昌又一次被带到了完颜宗望的面前,完颜宗望遭到宋人偷袭,心中大为恼火,对赵构嘲讽道:"你们宋人看来都是些言而无信的小人,当初假意与金国结盟,背地里却干着招降纳叛的

十、靖康之耻

勾当,这回又是假意议和,暗中偷袭。什么天朝大国,我算是彻底认清楚了。"

赵构对此只得保持缄默,而一旁的张邦昌则竭力辩解道:"这次偷袭是勤王军所为,皇上恐怕并不知情啊,还请大王明察。"

完颜宗望将信将疑,就在这时,皇帝的信札就到了。通事接过信札,念了起来。大致是说听闻此次金营被偷袭,大为震惊,此事系勤王军所为,与大宋朝廷毫无干系,希望金国继续推进议和的相关事宜,并承诺将献上太原等三座城池。信中还请求金国放回赵构和张邦昌。皇帝诚恳的态度让完颜宗望怒火暂消,当即便回了封信,表示愿意继续推进议和,请宋国尽快交割承诺的土地,对于释放人质一事,完颜宗望并未完全应允,但他提出让皇帝另选一名王爷,来换回赵构和张邦昌。

不日,肃王赵枢被皇帝送进了金营,赵构和张邦昌终于获释。赵构自进入金营以来,一副大义凛然的样子,让完颜宗望始终对他的身份存疑,而这恰恰让他得以死里逃生。

张邦昌终于回到了汴梁,一见皇帝,激动得涕泪交加,毕竟刚从鬼门关走了一遭,内心久久难以平复。皇帝迎回自己的九弟,也是欢喜不已,迫不及待地要在群臣面前宣布封赏:"康王赵构,护国有功,封安国王、定武军节度使。封张邦昌为太宰。"赵构与张邦昌双双叩头谢恩。赵构此时忽然发现,一直以来主战的李纲并未出现在朝堂之上,本想询问皇帝,但是转而一想,如今议和的气候已经占主导,主战的李纲被拉下台也是必然的。

事实上,姚平仲偷袭失败的当日,皇帝就已撤了李纲的一切职

第七卷 大地裂痕

务。李纲的下台,意味着皇帝已经完全放弃了与金人为敌的念头。这一点,让十九岁的康王赵构担心起来:与金人议和,带来的究竟是和平,还是更加难以挽回的灭顶之灾?

李纲主战,名声在外,若是继续重用,又将使完颜宗望对宋人议和的诚意产生疑问。赵构尽管心存担忧,却并未向皇帝提议恢复李纲的官职。但李纲的下台却引发了太学生的不满。他们聚集在宣德门外,抗议皇帝割地议和的软弱行径,这让朝廷头痛不已。尤其是其中有个叫秦桧的,更是撰长文上书皇帝,详细论述了太原、中山、河间三镇在地理位置上的重要性,并断言割让三镇,汴梁必将不保。

读完后大怒,赵桓口中骂道:"简直一派胡言,耸人听闻!"但心里却也不免开始自我怀疑起来,担心一个不小心就成了大宋江山的千古罪人,只是事已至此,他也已经没有退路了,即便是错,也只能将错就错。他想道:这次议和无论如何也不能背盟,人无信则不立,国家也是如此。

但令赵桓没有想到的是,这次率先将和议条约撕毁的却是金人。

东路军的完颜宗望与大宋议和了,但是西路军首领完颜宗翰却并不买账,自从在太原城吃了瘪,他的心里就一直有一团怒火。眼看着完颜宗望在汴梁捞到不少好处,他也坐不住了,想要分一杯羹,便离开了久攻不下的太原,一连攻下了山西的数座城池。

向来温顺的皇帝这回被金人的行为激怒了,没有想到这张和议条约才签订了没几日,就已经成为一张废纸。他下诏固守三镇,

十、靖康之耻

保卫疆土。同时,为了平息汴梁的动乱,他又恢复了李纲的官职。

李纲赋闲半月突然被召回朝堂之上,喜不自胜,皇帝热情迎接他,还不忘为撤销他的职务而辩白:"这几日可委屈爱卿了,为了让金人答应议和休战,只好用了权宜之计。"

李纲答道:"臣听闻黄河以北义起烽烟,还望陛下抗争到底,化被动为主动,早日布防,以防金人杀个回马枪!"

赵桓手中有了二十万勤王兵,胆子也壮了不少,说道:"好,朕决不再让金人踏过黄河!"

他说不让金人踏过黄河,言下之意是黄河以北的那些土地恐怕是鞭长莫及了,大宋的版图一下子缩水了不少。但他明白,能保住黄河以南的土地就已经很不错了,至于太上皇收复幽云的念头,根本就是痴人说梦。等到黄河以北被金人抢去,汴梁就成了大宋的边城,都城南迁的事情就得提上日程,如今太上皇还在"南巡",会不会是打算在那里重整旗鼓?这事就成了赵桓的一个心病,便和李纲商量道:"如今汴梁战火暂歇,朕欲迎回太上皇,共商未来迁都之计。朕已经给太上皇发了手诏,让他老人家放心回城。这次得请爱卿替朕跑一趟,将太上皇接回来。"

"臣遵旨,定当保太上皇一路周全。"李纲道。

金人毁约之后,赵桓从各地调兵遣将,力保太原、中山、河间三镇。

这天真定府的守将刘韐也接到了圣旨,让刘氏父子率军前去太原府增援,并强调"太原为军事重镇,务必火速驰援"。带兵去太原,就意味着真定府没了保障,刘韐的心里一百个不愿意,但是圣旨大如天,刘韐只得遵从,便和刘子羽一同连夜带兵出城,城内只安排了少数布防,形同虚设。

真定离太原只有几天的路程,刘韐父子深夜起程,向太原进发。

太原守将张孝纯仍在死守,让完颜宗翰恨得咬牙切齿。这时候,他的儿子完颜斜保前来献计,此时的完颜斜保未满二十,在他父王眼里,还是个黄口小儿。完颜斜保略有些神秘地说道:"父王,孩儿认为,这太原久攻不下,原因在于张孝纯这个老家伙,只要杀了张孝纯,太原府群龙无首,必然大乱。"

完颜宗翰觉得这根本就是句废话,张孝纯是自己的眼中钉、肉中刺,恨不得立刻拔之而后快,如果真的有杀他的办法,何必像现在这么苦恼呢?但听得完颜斜保接着说道:"父王可记得阿忽?"

"就是去年在平州丢了性命的那个?"完颜宗翰问道。

"正是。"完颜斜保继续说道,"当日平州的戒备可谓森严,但是叛将张觉却派人神不知鬼不觉地潜入,将阿忽给杀了。"

完颜宗翰对此事也有所耳闻,但是对具体细节也没有深究,这回听完颜斜保说来,倒觉得此事有些神奇。他也明白了完颜斜保的意思,便问道:"阿忽是被何人所杀?"

"那刺客乃是中原武林令人闻风丧胆的镖神叶无名。"完颜斜保答道。

完颜宗翰对于中原武林一无所知,更是对"剑神""刀魔"之类

十、靖康之耻

的江湖名号嗤之以鼻。况且,宋国要是真有这样的高手,何至于像现在这样节节败退?当即说道:"此类人物,恐怕是民间以讹传讹罢了。"

完颜斜保连忙道:"不,不,确有其人,而且此人眼下就在孩儿的门下。"

"不会是个江湖骗子吧?"完颜宗翰狐疑道,"况且,他应该是个宋人吧,怎么可能为我们金国效力呢?"

"父王有所不知,江湖中人,只认江湖规矩,心中没有家国。我们只消给足银两,便可让他潜入太原府,除掉张孝纯。到时候,再要攻下城池也就不难了。"完颜斜保答道。

完颜宗翰问道:"当真如此的话倒不妨一试,此人开价多少?"

"十万缗。"完颜斜保补充道,"依他的规矩,不议价,先杀人,后给钱,而且此人一年只干一票买卖。"

完颜宗翰听后思虑了片刻,心想十万缗是个天价,但若能因此换得太原府,倒也是值得的。何况对方是先杀人,后给钱,到事成之后给他五万缗将他打发走也就行了。于是应允下来:"好,十万缗就十万缗,三日之内,让他把张孝纯的首级给我拿来!"

十一、倾　覆

1. 太上皇归来

赵佶在李纲的陪同下返回了汴梁，一路上看见城外狼藉的景象，内心倍感萧索，恍如隔世。这些日子，他在江南的日子也不好过，眼里看到的是江南的美景，心里却惦记着汴梁城里的一草一木、一砖一瓦，还有那些无辜的百姓。他越想越觉得自己罪不可恕，在江南的这些日子活得像行尸走肉。当他收到赵桓的诏书时，才突然感到如释重负。他心知金人退兵只是暂时，日后定会杀回东京，但他打定主意，要与汴梁共存亡，以弥补自己这大半辈子所犯下的错误。

蔡京、童贯、高俅、梁师成等人内心不愿意回汴梁，知道回去就是死路一条，纵使金兵撤退，永世不再来犯，这江山也已经易主，上至皇帝赵桓，下至黎民百姓，恐怕都不会给他们活路。无奈赵佶回汴梁的心意已决，他们这些追随了二三十年的老臣也只得继续追随太上皇。

十一、倾　覆

赵桓摆开宴席迎接太上皇,父子得以重聚,但席上的气氛却十分奇怪。一边是台上的歌姬舞姬竭力营造出热闹欢腾的景象,一边却是席上的太上皇与他的老臣们一脸凝重的表情。经过了金人入侵的洗礼,赵桓明显比过去老练得多,他向太上皇询问了这次出巡江南的所见所闻,并热情地招呼童贯、蔡京等人饮酒吃菜。赵佶看着儿子,短短几个月变得越来越有帝王之相,他的心里百感交集,既有欣慰,又包含了那么一丝恐惧。他隐隐觉得,自己这个太上皇不可能当得安稳了。

几杯酒下肚,赵佶逐渐轻松下来,他斟了一杯酒,递给赵桓,说道:"皇上,我们父子俩来喝上一杯!"说罢他一饮而尽,赵桓接过酒杯,脸上却现出迟疑之色,先是看了看李纲,又看了看张邦昌。场面突然变得尴尬,赵佶看出了儿子心里的顾虑,心中一阵悲凉,问道:"皇上为何不饮?"

"朕觉得有些头晕,不便多饮,请父皇恕罪。"赵桓起身答道。

赵佶的双眼此时竟有些湿润,颤抖着声音说道:"皇上难道是担心这酒里有毒?"面对质问,赵桓并未回答,相当于是默认了。赵佶痛彻心扉,站起身来,老泪纵横。

"来人呐,扶太上皇到龙德宫歇息。"两个体型健硕的太监立刻从一旁跃出,一人一边"扶"住了太上皇,就往外边抬去。

太上皇的老臣们面面相觑,知道太上皇这下是被软禁起来了。年迈的蔡京、童贯自知气数已尽,面上带着惨淡的笑容,二人自斟自酌,对饮起来。

童贯低声道:"丞相,你我也算是殊途同归了。"蔡京再饮一杯,说道:"老夫早料到有此晚景,只希望皇上能给我们个痛快。"说罢二人大笑起来,坐在一旁的高俅、梁师成等人心里发毛。

蔡京父子回到相府,见留守家中的女人们所剩无几,而家中的丫鬟和家丁也都不知去向,值钱的东西都已经被洗劫一空。蔡京见到这样的场面,瘫坐在自己的太师椅上,蔡攸端来杯茶,劝道:"爹爹莫要太过伤心,家眷没了可以再找。只要往后我们好好为皇上效力,定能重振家业!"

蔡京看着儿子,心想,他可真是个稚气未脱的孩子,总把事情想得太过简单,上回跟童贯去伐辽的时候也天真地以为稳操胜券。如今,皇帝的刀已经悬在头顶上,居然还说着"重振家业"这样的傻话。

父子二人在自己家中度过了最后一晚,第二天早上,便得到朝廷的圣旨,被贬官到潭州,即日起程,相府收归朝廷。蔡京跪地领旨,没有想到皇帝还会饶自己一命,不由得感激涕零。

事实上,这天早晨,皇帝连下了十余道圣旨,将蔡京、童贯、王黼、梁师成、李彦、朱勔等人悉数贬官发配到各地。此外与"海上之盟"相关的赵良嗣等人也未能幸免,而同样作为"海上之盟"功臣之一的马扩,由于此时仍被困于真定府的大牢之中,反而得以逃过一劫。

2. 重镇失守

太原府仍在完颜宗翰的重重包围之中,双方陷于僵持。这天半夜,金兵突然发动一阵猛攻,这样的夜袭之前也有过好几次,但

十一、倾 覆

都被张孝纯给挡了回去。守夜的将士见金兵又来突袭,立刻上报。副将连忙去请张孝纯出马,可是今晚他的门却怎么也敲不开。副将只得叫了几个小卒将门踹开,眼前的情景却让他惊呆了。只见张孝纯伏倒在地,双脚朝着窗户,身下是一摊深色的血,不停向外蔓延开来。副将慌忙上前,欲将张孝纯翻过身来探探鼻息,随后惊恐地发现,他的头颅已不知去向,背上插了两枚力字镖!

没了张孝纯,太原城就像是一个被剜去双目的人,陷入一片混乱,守城的士兵失去指挥,立刻在强大的金兵面前崩溃。完颜宗翰杀红了眼,开始了他期待已久的屠戮。等到黎明时分,太原已经彻底失守,这个消息即刻不胫而走。

完颜宗翰大喜,入住太原府衙。他没有想到,这镖神叶无名还真是个活神仙,竟真的能像幽灵般潜入,神不知鬼不觉地将人的性命夺了去。他当下便让完颜斜保将叶无名请到府上,奉上事先承诺的十万缗。

叶无名来见完颜宗翰,并不跪拜,只是在接过酬劳的时候说了声"多谢"。

完颜宗翰说道:"叶大侠的本事,本王是领教了,阁下若是愿意,可以在我军担任军师一职,日后待我金人入主大宋,荣华富贵必定享之不尽……"完颜斜保在一旁使眼色,暗示完颜宗翰不要再继续说下去。

果然,叶无名只是冷冷地道了声"不必了",便提着这一大箱钱币转身向门外走去。

把门的小卒立刻将他拦住,身后的完颜宗翰还不死心,说道:

第七卷 大地裂痕

"大侠稍待片刻何妨?"叶无名一侧身,便从两个小卒之间闪了出去,然后头也不回地向府衙门外走去。

完颜宗翰不再强留,心下暗自惊叹:中原大地竟有如此精妙的武学,假如这样的奇人能被宋廷招揽到门下,那恐怕百万精兵都无可奈何。

刘韐父子在半路上突然得到太原失守的消息,便打算调头回真定府。不料朝廷的信使送来急报,命他们赶赴汴梁驻守都城。真定府改由安抚使李邈镇守。刘韐怒火中烧,却也只得向汴梁赶去。

赵桓之所以急着将各路兵马召回汴梁布防,是因为三镇既失,唇亡齿寒,汴梁恐怕又将遭到金人的围攻。这天,赵桓来到龙德宫,看望太上皇,这是太上皇回汴梁后,他第一次去龙德宫探望。

刚踏入龙德宫,就远远看到太上皇正在舞文弄墨,像个自得其乐的隐士。太监在宫门外喊了声"皇上驾到",他才抬起头来,搁下笔,出门迎接。

"拜见父皇。"赵桓还是显得十分恭敬。

赵佶见儿子来了,面露欢喜之色,亲切地引他进屋,拿出自己的画作给他看。赵桓对于书画并无太多兴趣,但还是赞赏道:"父皇的书画自成一家,必为后世传扬。"听了这句夸奖,他笑逐颜开。

"父皇在龙德宫住得还习惯么?"

"习惯,这龙德宫虽小,但却尤其清静。"赵佶说的是真心话,尽管这个地方远远不及万岁山风景秀丽,但是在如今这战火纷飞的

十一、倾　覆

日子里,能有这么一个安静的地方,他已经感到很满足了,若能就在此安顿终老,倒也不失为一件幸事。

这时,赵桓的一句话却将他从安乐的迷梦中拽了回来:"父皇,近日太原失守,金人再犯汴梁的日子恐怕也不远了。"

赵佶心底一震,"金人"这两个字对他而言就是个梦魇。尽管在回汴梁之前他就想到金人再来攻城的可能,但是没想到会那么快。他知道赵桓心里责怪他,若不是自己当初非要搞什么联金灭辽,大宋江山也不会陷入这样的危险,一时不知说什么好,只能问道:"皇上眼下可有退敌之策?"

赵桓摇了摇头道:"眼下只得召回各城守将,若能保住黄河以南的土地,便已经是万幸了。"以黄河为界分割土地,本来是金人第一次南侵时所提的条件,而如今,却成了所能期盼的最好结果。金人的胃口越来越大,恨不能整个地吞并大宋。尽管赵桓没有明说,但他的每一句话都像是一种责难,都像是一柄锋利的匕首,向赵佶的心头刺去。

没过多久,赵桓起身离开,赵佶恭送到龙德宫的门口,待回到案边,想要继续完成那幅画,却怎么也下不了笔了。

完颜宗翰刚攻破了太原,完颜宗望也没闲着,直奔真定府而去。自从刘韐父子被朝廷召回汴梁,真定府便由李邈驻守。此人和太原守将张孝纯一样,是个悍将,利用地形的天然屏障,硬是带着真定府留守兵将抵抗了近一个月,但最终还是被金人破城。此时的马扩仍然被关押在真定府的大牢内,这段日子局势大乱,加上

第七卷 大地裂痕

刘韐父子又已离开,他早就被衙门的人给遗忘了。直到金人破城的当日,马扩才知道太原、真定已经失守。

那日,真定府大牢的狱卒慌里慌张地冲进来,把牢门一个个打开,囚犯们不知缘由,还以为皇帝开恩,大赦天下,一时欢呼雀跃。

马扩出了牢门,拉住一个狱卒就问:"无端释放所有囚犯,是何缘故?"

那狱卒答道:"金军破城啦,赶紧逃命去吧。"

马扩心里一凉,才知道真定府不保,痛心疾首。当初他来到真定,本就是为了协助刘韐父子守城,没想到蒙受不白之冤进了监狱,到头来也只能眼睁睁地看着真定被金人夺去,自己却毫无办法。

马扩随着人潮,出了真定府大牢。只看到远处的金军在与残余的宋军交战,羸弱的宋军又岂是金军的对手?一个个被砍倒在地,情状凄惨。

站在正午的烈日下,马扩一阵眩晕,感到极为茫然,不知该何去何从。又看到金军的屠刀伸向无辜百姓,一个金军抢过一名少女便要扛走,还一刀砍死了她的母亲。马扩终于按捺不住内心的怒火,冲上前去,将刀夺了过来,随后将他砍倒在地。几个金军见突然有人反抗,纷纷扑上前去,欲制服马扩。却不料马扩运刀如飞,又"嚓嚓"砍落两个金军的脑袋。他的眼中布满血丝,一时杀红了眼,让高大壮实的金军都望而生畏,有金军叫道:"这人疯了!快把他的刀夺下来!"

十一、倾　覆

附近的金军都聚集起来,围攻马扩,在乱刀之下,马扩早已经顾不得什么招式,一阵狂砍,直到后背挨了一刀,终于眼前一黑,晕厥过去。

3. 赵桓除六贼

童贯失去了往日的威风,一路向自己的被贬之地行去。前些天在赶路的途中,他在一家饭馆里听说蔡京被贬官潭州后没几天就因病亡故,连忙拉住那店小二追问消息的真假。

那店小二回答道:"千真万确!听说是做着梦死的,这可便宜了那老贼,这种人就该被乱刀砍死。"童贯听到这诅咒之声,心里瘆得慌,面上露出了忧惧之色。

那店小二继续说道:"这位老爷您心肠好,还同情这种祸害。依我看,这六贼不死,百姓就没好日子过。童贯这老贼,恐怕也没几天活头了。"

这话虽是出自一个店小二之口,于童贯而言却像是听到了丧钟一般,耳边一阵嗡嗡作响。这天之后,童贯的心里竟开始感到一丝庆幸,毕竟皇帝并没有要他的性命,这已经是仁至义尽了。如今只求江山社稷能够保住,自己也可当个小官,种种地,安度晚年。

童贯一行人行至南雄州,将近傍晚,突然风雨大作,他们便在一棵树下躲雨。这野外荒凉之至,没有人烟,更找不到可以投宿的地方。忽见远处有一群头戴草笠的人缓步走来,童贯一看,共有十人,心里不免一惊:这些人看起来绝非善类,莫非是山贼?

那群人越来越逼近,终于在童贯的马旁站住。为首的一人下了个短促的命令"上",后边的几人便一拥而上,奔童贯而去。童贯连忙喊道:"几位好汉,刀下留情!若是要金银财宝和女人,拿去便是!勿伤性命!"

为首那人笑道:"童大人,莫非将我们当成山贼了?"

童贯听了这话,倒吸了一口凉气,他本想舍财保命,但这群人难道不为财?这时,他定睛看了看那人手中的剑柄,才明白那群草笠客根本就是皇帝派来追杀他的人!童贯意识到这一点,便知自己就算是有九条命也躲不过去了。他凄然道:"阁下原来是皇上派来的,失敬失敬。"他站起身来,步履沉重地踏进了雨水浸透的泥泞之地,来到那群草笠客的中间,说道,"皇上要来拿命,做臣子的自然没有二话,不过还请高抬贵手,饶了其他人吧。"

为首的草笠客点点头。

雨势越来越大,童贯"扑通"一声跪倒在地,向着汴梁的方向号泣道:"皇上啊,老臣先走一步了!"说罢,磕了三个头,刚磕完这第三个头,身旁的一人手起刀落,将童贯的首级砍了下来。随行的一群女人哀号着,有的索性昏了过去。草笠客提起童贯的头颅,装进一个做工精致的箱子里,便带着手下几人沿原路离开了,将童贯的家眷们留在了身后。

4. 郭京的六甲神兵

这些日子,赵桓连下了十几道密杀令,将赵良嗣、梁师成、王黼等人的头颅悉数带回,至于六贼之首蔡京,在一个月前就病死了,得以保留全尸。其实,赵桓从一开始就没有想要饶他们的命,先将

十一、倾　覆

他们贬斥只是为了消释他们在汴梁的残余势力。赵桓继位之初面临内忧外患,如今六贼既除,内忧基本得以解决,便可一门心思去解决外患了。三镇失守,金人果然很快就向汴梁进军。这回,金人的实力更为强大,集合了完颜宗望的东路军和完颜宗翰的西路军,比第一次包围汴梁时来势更猛。

尽管赵桓已经未雨绸缪,召回了各地的良将,却仍然自知不是金人的对手。朝廷之中,主战派与主和派又一次展开了激烈的争辩。他只觉历史在不断重演,坐在龙椅上,一阵麻木。究竟是战还是和？选择应战,最后的结果是败退、亡国。选择议和,金人也只会像上次那样休战一阵子,最后还是免不了亡国。成为被后世耻笑的亡国之君——似乎这就是他赵桓无法摆脱的宿命。

危难之际,赵桓不得不将老将军种师道请回来,种师道得到号令,拖着病躯硬是回到了汴梁,但就此卧床不起。赵桓召来最好的太医为他治疗,最终也没能挽回老将的性命。在临死之前,种师道说出了与他这一生的英雄气概相反的遗言,他奉劝皇帝迁都,不要与金人硬碰硬,留得青山在,不怕没柴烧。

退避,本来应该符合皇帝懦弱的性格,但这次他出人意料地违背了种师道的遗言,表示要死守江山社稷。

同知枢密院事孙傅这时候进言道："皇上,微臣有一计,或可助我军战胜金人。"

张邦昌知道孙傅这人平日里总说些疯话,一听他这话,眉头便微微有些收紧。但皇帝这时候却真正"广开言路",示意孙傅继续往下说。

第七卷　大地裂痕

孙傅道:"皇上,当日金兵破我太原,用的是一招釜底抽薪,杀我守城将领。那杀手乃是我宋人,人称'镖神'。依臣之见,我们得效法完颜宗望,在汴梁广招民间奇能异士。"

皇帝一想,觉得这倒也不无道理,没准真正的天兵天将还真的就卧藏在汴梁城内,便命孙傅草拟一份"英雄帖",在大街小巷都贴上一遍。

几日后,孙傅还真就从民间挑选出一位江湖术士。

"此人名叫郭京,有通鬼神的本领。"孙傅说得是眉飞色舞,神乎其神,好像一下子把皇帝从金人攻城的紧迫情形中拽了出来,开始饶有兴致地听一个民间异人的传奇故事。

听完孙傅的一番描绘,皇帝迫不及待想见见这位异人,便对孙傅说道:"耳听为虚,眼见为实,你去将这位郭先生请来,让朕亲眼见见。"

孙傅大喜,道:"遵旨,明日我便将郭京带到朝堂之上!"

马扩再次醒来,已经是几日后的事情了。此刻的他正身处一间简陋的草屋之中,头上、身上敷着药,他想起那日与金兵搏杀时的情景,必定是当时负了重伤,被某位好心人给救了。但是,他仍心存疑虑,普通百姓是如何将他从金兵的重重包围中救出来的?看来救自己的人绝非等闲之辈。

这时候,茅屋的门缓缓被推开,一个身影缓缓进来,马扩被门外的光刺到眼睛,好一会儿才恢复过来。他定睛一看,进门的竟然是商姑娘,只见她身穿一袭紫衣,手中端着个药碗。她来到马扩边

十一、倾　覆

上,喜道:"你终于醒啦。"

马扩还以为自己在做梦,张开嘴含含糊糊地说道:"你是,商姑娘?"

商姑娘笑道:"马大哥原来还认得我,正是民女商无痕。"

"是你从金人手中把我给救了?"马扩感到难以置信。

"不是我。"商无痕说道,"是我们西山和尚洞山寨的兄弟们救了你。"

"西山和尚洞山寨?"马扩更困惑了,"商姑娘落草为寇了?"马扩此言一出顿觉不妥,但是话已出口,无法收回。

商姑娘倒也不介意,答道:"绝大多数都是我爹爹当年的旧将和他们的后人组建的抗金义军,如今金人肆虐,国家危难,而朝廷又软弱不堪,许多百姓都加入义军,为保家卫国出一份力。"

马扩记得商无痕的老父商老头,问道:"商老先生原来也曾在朝为官?"

商无痕摇了摇头,说道:"马大哥有所不知,商老先生并非我的生父。民女本名刘仪,家父名为刘延肇,当年赵佶清理元祐党人之时,我刘家惨遭蔡京灭门。多年之后,我哥哥找蔡京报仇,又惨遭杀害。"

马扩惊奇道:"原来商姑娘是名门之后!那蔡贼好生狠毒,愿他日能得报大仇。"

"这仇恐怕也没机会报了。"商姑娘神色复杂,"前些日子,蔡京已经死了。"

"当真?"马扩惊讶道。

第七卷 大地裂痕

"嗯,不仅蔡京,自金人撤出汴梁,新皇帝就将六贼逐一铲除了。"商姑娘顿了顿,又道,"还有与海上之盟有关的赵良嗣等人,都被正法了。"

"原来如此。看来我若非关在真定大牢,也难逃皇帝的责难。"马扩说道。对于"海上之盟",马扩始终抱着疑虑,但他难违圣令,最终只能无奈地成为执行者。

商无痕说道:"马大哥好好养伤,痊愈了好去抗金,来,喝了这碗汤药。"

马扩艰难地坐起身,商无痕喂他喝药。马扩的心中泛起一阵暖意,算起来与商姑娘一别已经有五六年了,但却感到就像昨日一般,对她的美好记忆又回到心头。马扩不敢去想那些儿女私情,国难当前,自己虽为一介武夫,但也应当尝试为大宋的未来探寻出路。

远在汴梁的赵桓也在为大宋江山探索出路,只不过这回,他将出路寄托在了江湖术士的身上。孙傅将郭京领到朝堂之上,绝大多数的大臣虽然嘴上不说,却都觉得皇帝这样的行为实在荒谬。他本来并不像他的父皇那样相信鬼神,只是当一个人绝望的时候,就容易将希望寄托在鬼神身上。前些日子,他已为议和之事费尽了心力,还特地请康王赵构再赴金营,然而金人这次却不再给他议和的机会,还直接扣押了使者李若水。在万念俱灰之下,恰好孙傅推荐了这个郭京,皇帝便把他当作救命稻草。

郭京看起来确实异于常人,初次来到朝堂之上,在群臣面前没

十一、倾 覆

有丝毫怯场。皇帝见到郭京,便迫不及待问他退敌之策。郭京不紧不慢地说道:"回皇上,草民在二十年前曾师从全真教的老道长,习得了六甲之术,或可退敌。"

"何谓六甲之术?果真可以击破金人大军么?"

"六甲之术,可以隐身,我可见金兵,而金兵看不见我,相当于敌在明,我在暗,借此术排兵布阵,定可杀他个措手不及。"看皇帝脸上仍然有怀疑之色,郭京接着说道,"请皇上给草民找来一猫二鼠,草民可将六甲之术演示给皇上看。"

皇帝当下便让人将后宫的一只肥猫带来,又不知从什么地方抓来两只老鼠。郭京在地上画了个金色的圆圈,两边开了两个小口,一个注为"生门",一个注为"死门"。郭京先将猫从"生门"放入,将一只老鼠从"死门"放入,那猫很快便扑将上去,将老鼠生生地吞了下去。随后,郭京将猫从"死门"放入,将另一只老鼠从"生门"放入,奇异的事情发生了,那猫竟然就像看不见这只老鼠一般,任由它从自己面前大摇大摆地走了过去。群臣由之前的不屑一顾,开始纷纷啧啧称奇。皇帝的脸上也露出了惊喜之色,好像从这只活老鼠身上看到了大宋江山的希望。

郭京说道:"正如皇上所见,六甲之术,能够颠倒生死之门,逆转乾坤。用此术对付金人,必能保我大宋永世安泰。"

皇帝听完,双目放光,振奋地说道:"好!朕封你为成忠郎,赐你金帛万两,命你到民间挑选能人志士,组建六甲神兵!"

自那日起,郭京便身穿道袍,在民间挑选自己的"神兵"。郭京挑人的时候并不管男女老少,只问生辰八字,非七月七生人不能入

第七卷 大地裂痕

选,最终凑成了一支七千七百七十七人组成的"神兵"。其时金人已经将汴梁城团团围住,皇帝催促郭京出兵,郭京却答道:"皇上少安毋躁,神兵天将,非到关键时刻不能妄动,皇上只要为臣准备两辆囚车即可。"

"你要囚车何用?"

郭京神秘地一笑,成竹在胸道:"当然是用来装完颜宗望和完颜宗翰。"

此时的赵桓已经将郭京视为神明,见他一副把握十足的样子,自己也感到更加笃定了,仿佛金人根本就不足为患。数日后,完颜宗翰的大军闯入宣化门大开杀戒,皇帝见郭京仍然没有要出兵的意思,这才有些感到烦乱,命郭京迅速率领神兵出门迎战。郭京只得从命,率领着七千七百七十七人,向宣化门行去。

郭京和他的"六甲神兵"个个神色从容,带着轻松的微笑,城内的百姓见他们身穿奇服,一副无所畏惧的样子,也纷纷为他们鼓舞士气,整齐划一地喊道:"六甲神兵,所向披靡。"

驻守宣化门的弓箭手还在那里苦苦支撑,已经死伤无数。见"六甲神兵"终于现身,像是见到了救世英雄一般。郭京上前,拿出皇帝给的令牌,说道:"六甲神兵到,开城门,杀金贼!"原本紧闭的城门轰然打开,郭京大手一挥,后面的七千七百七十七人便冲了出去。对面的金兵看到这一幕,觉得大为惊异,原本久攻不下的宣化门,竟然自动打开,出来迎战的还都是一群身穿奇装异服的怪人。

完颜宗翰不知道宋人在使什么妖术,但他并没有停下强攻的脚步,金兵继续向着城门处射箭。六甲神兵都以为自己有郭京的

十一、倾　覆

隐身术的护佑,迅速分开向两边散去,自以为金兵看不见他们。没想到,金兵立刻调转箭头,继续向他们射去。神兵这才意识到郭京是个骗子,他们有些被一箭穿喉,有些被金兵砍杀,还有的索性直接被吓晕过去。在这样的惨烈情状下,他们的首领郭京却逃得无影无踪了。

七千七百七十七人就这样全军覆没,他们的血在宣化门外汇成了河流,金军就这样蹚过血河,自宣化门长驱直入。

皇帝得到金军破城的消息,这才像是从梦中惊醒一般悔悟过来。然而一切为时已晚,金军的刀枪已经刺破了汴梁城表面的宁静。虽然远在深宫里,皇帝却分明能听见城中百姓哭泣的声音。绝望之际,他只得再次派人前去议和。

5. 二帝被掳

龙德宫里的太上皇从太监那里得知金军破城,便再也没能握起自己的画笔——他的手颤抖得厉害,丝毫没有运笔的力气。勤王军、李纲、六甲神兵都没能挡住金人的攻势,他似乎看到大宋的寿数已尽。他和种师道一样,都曾劝皇帝迁都,不要以卵击石,但令他更感悲哀的是,皇帝并没把他的话听进去,而且自那以后再也没有来过龙德宫,自己去求见皇帝也都未曾获得批准。他知道,皇帝对自己有着满腹的怨恨。

这天,皇帝突然驾临,赵佶觉得这像是太阳打西边出来了。二人对坐,陷入一片沉默之中,隔了许久,赵佶才开口问道:"皇上可想过权宜之计?"他仍然希望皇帝派人前去议和,先稳住金人,再寻

第七卷　大地裂痕

求迁都,另谋出路,东山再起。

皇帝双眉紧蹙,低声道:"朕正是为此事而来,前日派使臣赴金营议和,完颜宗翰算是暂时答应议和了,条件是割地,还有……"

"还有什么?先行答应他,日后再想对策。"听说完颜宗翰答应议和,赵佶十分激动地说道。

"完颜宗翰说,要请父皇出郊相见……"

赵佶听罢,凄然一笑,知道皇帝这次来是要请他去金营当人质了,但他并不责怪皇帝,毕竟这金人入侵,是自己一手造成的恶果,自然也应由自己来承担。当下便答道:"答应金人便是,老朽入金营,若是能拯救天下苍生,倒也是将功赎罪。"他这样泰然的反应倒令赵桓感到有些过意不去,无论如何,将自己的父皇送往金营,难免要背上不孝的骂名,但如果不送他去,那么能代替他的人也只剩下自己了。

赵桓从龙德宫归来已是黄昏,思来想去,总觉得自己与其背负不孝之名遭后人唾骂,不如这次当一回英雄。反正事到如今,退缩已经无济于事了。到深夜,他才终于下定决心——由自己亲自入金营谈判。他连夜将孙傅喊到宫里,向他交代道:"朕此去恐怕凶多吉少,如有不测,务必保护太上皇和太子逃离汴梁,一路向南,务必延续我大宋香火。"孙傅泪流满面,道:"皇上洪福齐天,绝不会……"

皇帝挥了挥手,示意孙傅不要再说下去,然后他拖着疲惫的身躯,转身回自己的寝宫了。此时此刻,他的心里唯有悔恨——后悔没有采纳种师道的遗言,提早迁都南方。

十一、倾　覆

第二天,是靖康二年(1127)正月初十,本是新春佳节,但汴梁城内却弥漫着悲怆。事实上,这个春节似乎被所有人遗忘了,没有欢庆,没有爆竹,取而代之的是恐惧。

皇帝在张邦昌等人的陪同下出了城门,百姓纷纷为他送行。无论对于朝廷有多么不满,看到皇帝为了百姓亲自去当人质,还是有不少人声泪俱下。有人哀号着,痛哭着,这泪水中有为一国之君的担忧,更多的却是一种屈辱——作为一个宋人,再也没有什么比眼前这一幕更屈辱的事情了。

皇帝入了金营,本欲以割地来进行议和,只是他没想到和上回扣押康王赵构不同,金人这次根本就没有议和的打算,他连完颜宗翰的人影都没能见到,就被脱去龙袍,遭到了囚禁。

赵佶暂时逃过了当俘虏的厄运,但他也知道,自己在龙德宫里的时间不多了。向来喜好精致的他如今却披头散发,像个年老的疯子一般。他希望自己变成疯子、傻子,可以不用清醒地感觉到屈辱;他希望自己变成瞎子、聋子,可以不用看见金兵的屠刀,可以不用听到百姓的哀号。遗憾的是,他仍是这般健全,所有的知觉都是这般清晰而真切。

这样的生活令他感到生不如死,有时候他反而开始期盼金人把自己也掳去,好让这苟延残喘的日子尽快终结。

靖康二年(1127)二月初八。离赵桓赴金营仅仅一个月的时间,赵佶迎来了自己期盼已久的终结。

早晨,完颜吴乞买的圣旨被带到了大宋皇宫内。赵佶从龙德

第七卷 大地裂痕

宫里出来"领旨",尽管这一刻他已经在噩梦中预演了无数次,但当它真的发生的时候,他还是感到极度荒谬——一个曾经的皇帝在自己的皇宫内接受别国皇帝的圣旨,人世间还有什么比这更加荒谬的事情么?

前来宣旨的是翰林学士承旨吴开和翰林学士莫俦,他们是大宋之臣,如今要太上皇跪在他们面前,难免有些哆嗦,话都说不清楚:"圣上旨意,废赵氏宗室,另立异姓皇帝,命赵佶即刻出城,进入金营会见,否则将血洗汴梁城。"

赵佶跪在旧臣面前,想着自己该是什么称谓,既不能称"朕",又不能自称"草民",也不能自称"罪臣",他迟疑了很久终于吐出两字"领旨"并叩了个响头。

这样的旨意更像是一种威胁,假如赵佶拒不出城或是逃之夭夭,便是陷黎民百姓于不义,对于曾经的一国之君而言,这将是最大的失败。况且,作为一国之君的赵桓已经做了表率,赵佶自然也没有什么理由逃避了。

金人还是给了他最后的体面,让他坐着一顶竹轿子出城。这破轿子本身并不起眼,只是它后面却跟了几百号人,让城内的百姓一眼就看明白了。大宋皇宫里的太后、皇妃、皇子、皇孙都被押送着出了宫,原先从来见不到的"大人物"都纷纷鱼贯而出,这种场面恐怕是戏台上也不曾演过的。

赵佶从竹轿子的缝隙里看到大街上围观的人群,听到身后自己的妃子、女儿的哭声交织成一片,觉得有些恍惚。他努力地看着轿子外汴梁城的一草一木、一砖一瓦,甚至每一个百姓的样貌,因

十一、倾 覆

为他比谁都清楚,自己这一出城,便再也不可能回来了。

靖康二年(1127)五月,西山和尚洞山寨。马扩在山寨中养伤,已近痊愈。

在这些日子里,外边传来的消息一个比一个更骇人听闻。先是金军攻破汴梁城,再是二帝被掳,然后是金人立张邦昌为帝,接着又是二帝在金人的"五国城"内接受了完颜吴乞买的册封。赵佶被封为"昏德公",赵桓被封为"重昏侯"。马扩算是彻底明白什么是无能为力,国家倾覆,国君遭异族如此羞辱,自己却在病榻上。

西山和尚洞山寨对马扩而言就像是个世外桃源,几乎与世隔绝,所有消息都是从商姑娘口中得来。这天,马扩正在山顶的草屋外望着远处的日落愣神,商姑娘又上山顶来看他。商姑娘从山下带来了另一个消息,说是在靖康之难中幸免于难的康王赵构在南京应天府宣布登基。

"什么?"马扩听闻后大吃一惊,"这是真的么?"

"千真万确。"商姑娘答道,"张邦昌主动退位,康王已经改元'建炎'。"

马扩原本以为大宋皇室已经尽遭金人俘虏,复国无望,却没料到康王赵构在金军破城之际恰好不在汴梁,得以逃过一劫。康王是赵佶的皇子中最有英雄气节的一个,金人第一次包围汴梁时,正是他亲赴金营,缓和了战事。康王当皇帝,真是再合适不过的人选。

"这么说,我大宋还没有亡国!"马扩欣喜道。他兴奋地挥动手臂,不慎用力过猛,又崩开了胸口的伤口,渗出一些血来,自己却未

第七卷 大地裂痕

察觉。

商无痕见状大惊失色,道:"马大哥小心,这好不容易结好的伤口别又裂开了。"

马扩这才发现伤口崩开了,赶紧坐下来,放下手臂,扯下袖口的碎布止血。无意之间,他把胸怀中藏着的一块薄纱拿了出来,那上面已经沾了些血。马扩发现后,立刻欲将它收起,但是商姑娘显然已经认了出来,顿时面色绯红,道:"面纱沾了血,我拿去洗。"马扩笑道:"有劳,有劳了。"商无痕起身,拿着面纱匆匆向下山的路走去。

"商姑娘。"马扩又突然叫住了她。

商无痕转过身道:"马大哥,还有何事?"

"我在这养伤大半年了,如今伤势已无大碍,可否介绍我和寨中的兄弟们认识认识,或可共同抗击金人。"

"好啊!"商无痕喜道,"我们这西山和尚洞山寨倒缺个军师,马大哥是武举人,正好可以给兄弟们排兵布阵,指点指点武艺。"

"指点不敢当,但愿与所有抗金志士并肩作战。在病床上待久了,只想拿起刀剑杀金人,为我无辜的大宋子民报仇雪恨!"

商无痕道:"好!马大哥,我明天就带你下山,与寨中兄弟碰面。"

马扩站起身,望向远处的落日,红色的光蔓延开去,将天地交融之处勾勒出一道壮美的金黄轮廓,极西之处像是有什么东西就要流溢出来。在这一时刻,他突然觉得那红日其实并非正要落下,而是刚要升起。

尾声

十个春秋,对于浩瀚的历史而言不过一瞬。但对于二帝而言,却像是过了一百年一样漫长。他们败得如此彻底,只得看着自己的妻女被金人凌辱,自己的江山被金人掠夺,却没有办法做出任何反击。在"五国城"的岁月里,赵佶继续写诗作画,醉生梦死,只是这作品中的雅趣已经荡然无存,只剩下李后主式的凄婉哀叹,在异邦憋屈地生活了整整十年后,他终于在一个清晨驾鹤西去,重获自由。

金人为"昏德公"治丧,将他的尸首置于铁架之上焚烧。这是金人用死人炼灯油的器具,赵桓站在边上,看着自己的父皇在火中不断萎缩,化成架子上的油,流到架子底下用来接油的容器之中。他麻木地看着父皇最后的惨象,心中涌起的却不是恐惧和悲痛,反倒是有那么一丝羡慕,因为父皇终于可以摆脱人世间的痛苦,终于可以自由地化成青烟飞散去了,而自己却还是如此年轻,不知还要熬多少年才能得以解脱。

在一旁的金兵侍卫看到他一脸木然的神色,倒是有些于心不忍,毕竟让一个人亲眼看着自己父亲的肉身化为灰烬,的确太过残忍,便好心对赵桓说道:"侯爷,您先回府歇息吧,别看了。"

赵桓却执意要看完再走,说道:"待我归西炼灯油时,自己便看不到了,不如趁现在看得真切些,也算是送昏德公最后一程,尽了孝道。"说罢,他又向前迈了两步,直视着这堆烈火和骨骼。架子上滴下来的油越来越少,而浓烟则不停向上飞升,直至天际。赵桓顺着这浓烟向上望去,他相信父皇此刻早已不在这火堆里,而是到天庭去享福了。他的耳边似乎回响起一个缥缈的声音,那声音不断重复着的正是父皇最后的两句诗——

家山回首三千里,
目断天南无雁飞。